徳間文庫

嘘を愛する女

岡部えつ

徳間書店

＊1

「光子さんたら、留袖《とめそで》を新調したんですってよ。わたしなんか、もう何回着たかわからないワンピース。覚えてるでしょ、襟《えり》のところがレースの」

「うん。いいじゃない、お母さん、あれ似合うんだから」

金曜日の午後七時、わたしは福岡から上京していた母を伴い、青山の骨董通《こっとうどお》りにあるレストランで、枯平《きっぺい》を待っていた。

「まったくお父さんたら、せっちゃんの結婚式、あれだけ楽しみにしてたのに、三日前にぎっくり腰になるなんて、本当に馬鹿なんだから。それも、落っことした歯ブラシを、拾おうとしただけでなったのよ。年を取るって、いやねえ」

母は一昨日電話で話したことを、同じ口調で愚痴《ぐち》ってから、ちらりと腕時計を見た。

明日は、従妹《いとこ》の結婚式だった。父の代わりに母と一緒に来ていた妹は、久し振りの東京なので大学時代の友人に会いたいと言い、この夜は、わたしが母の相手をすることになったのだ。

「彼、普通の会社員みたいに、ぴたっと定時に上がれる仕事じゃないから」

人が入ってきた気配に入り口に目をやり、桔平ではないことを確かめてから言う。

母は両眉を上げ、小さくうなずいた。髪をきれいに栗色に染め、爪もサロンで整えたのだろう、薄いピンクのフレンチネイルにしている。一昨日の電話で待ち合わせ場所を決めたあと、桔平に会いたいと言ってきた不意打ちは、いつから考えていたのだろう。狼狽《うろた》えるわたしに「いやならいいのよ」とたたみ掛けてきたのも、今となっては計画的に思える。わたしはそれにまんまと引っかかり、桔平の意向も確かめずに、会わせると約束してしまったのだった。

しかし待ち合わせの七時を五分過ぎても、彼は現れなかった。

『今どこ？』

とメールを打ちながら唇を噛《か》み、今朝ベランダから見送った、細身の背中を思い出す。毎日わたしより三十分早く家を出る彼を、そうやって見送るのは、ずいぶん久し振りのことだった。無意識に、こうなることを予感していたのだろうか。

わたしは母に悟られぬよう、いつものことだという顔を作って「残業になっちゃったかな」と言った。

「そう、大変だわね。人の命を預かる仕事だものねえ」

母はそう言いながらも、落胆を隠さなかった。わたしがその何十倍も気落ちしていることにも気づかず、テーブルの水のグラスを乱暴に取り、がぶがぶと飲む。

「気にしないで、先に食べよう」

わたしが言うと、

「今、メールしたんでしょ。返事を待ってから決めましょうよ」

母は答えて、通りかかったウエイターに水のおかわりを頼んだ。

「だって、わたしお腹空《なかす》いたもん」

わたしは、メニューを開いた。

「由加利《ゆかり》のそういうとこが、お母さん心配なのよ」

空腹になると機嫌が悪くなる性格は、この母から受け継いだということを思い出した。

「また始まった。男を立てろって言うんでしょ」

「あなたはいつも古臭いって馬鹿にするけどね、男と女ってのは、昔からそうやってうまくやってきたんだから。せっちゃんだって雅美《まさみ》だって、そういうとこはちゃんとしてるわよ。だから……」

そこで言葉を切るのが癇《かん》に障《さわ》る。妹の雅美は三年前に結婚し、二歳の子供がいた。腹は立つが、桔平が来ることを考えてこらえた。それに、母に思うところがあるのもよくわかる。何しろわたしは来月、三十歳になるのだ。

わたしは、大学卒業後に入社した大手の食品メーカーで、総合職として働いてきた。営業部で首都圏のスーパーを担当したのち、マーケティング部へ配属され、昨年会社が立ち上げた、各部門選出の女性だけのチームで商品開発をするという企画では、チーフに抜擢されてヒット商品も生んだ。それが認められ、今年はじめには、経済新聞が選ぶ『ウーマン・オブ・ザ・イヤー』を受賞し、記事にもなった。そして先月、マーケティング部商品企画課の、課長補佐に昇進した。多忙に拍車はかかっているが、充実している。自信もある。

そして、同棲して五年になる恋人は医師で、彼ももう、三十七歳なのだ。結婚を考えないほうが不自然だろう。

去年、一度だけ、結婚に触れたことがあった。さり気なく気持ちを確かめようとしたのだったが、悟られていた。

「自信がないんだ」

彼はそう言った。公園の湿った土に、散り始めた桜の花びらが、はらはらと落ちていた。以来、結婚の話はしていない。

わたしに対して、何か不満があるわけではないと思う。自惚《うぬぼ》れではなく、ふだんの彼の態度から、それはしっかり感じることができた。とすれば、彼の望みは、今の状態のまま曖昧《あいまい》な関係を続けていくことなのだ。しかしそれでは、わたしたちはいつまでも家族になれない。わたしは妻になりたかったし、母にもなりたかった。

わたしの実家は、平凡なサラリーマン家庭だ。鉄鋼メーカーに勤める父と、専業主婦の母は、特別仲が良いわけではないが、互いに思い合っていることが窺《うかが》える、いい夫婦だった。たまに実家へ帰って二人に甘えていると、自分も早くこうした場所を作りたいと思う。二歳違いの妹は、東京の大学を出たあと田舎に帰り、不動産会社に就職して、そこで出会った人と結婚をした。できれば妹より先に、長女のわたしの花嫁姿を見たかったという両親の願いは、口にされなくても伝わってくる。わたし自身も、そうしたかった。

しかし、それを桔平に強く押しつけたくはなかった。古い考え方かもしれないが、望まれて結婚したいのだ。自信さえ持てたら、彼はきっとプロポーズをしてくれる。それまで待つつもりだった。そしてそのときは、遠くない先に待っていると信じていた。

一昨日、母が会いたがっていることを伝えたとき、桔平は「母娘《おやこ》水入らずで楽しんでおいでよ」とやんわり断ってきたが、

「お母さんは、あなたに会いたいって言ってるの」

と強く言うと、「じゃあ、行くよ」と承諾をしてくれた。決して、嫌そうな態度ではなかった。かといって、嬉しそうでもなかった。心情は読めなかったが、これがわたしの待っていた〝変化〟かもしれないと期待した。

なのに、時間になっても彼が店に現れない今、わたしは「どうしたのだろう」では

なくて、「やっぱりか」と思っている。メールを打ちながらも、返信はこないだろうと思っている。

そして案《あん》の定《じょう》、いつまで経《た》っても返信はこなかった。

「返事がないってことは、緊急の仕事が入ったのよ。こういうことって、よくあるの。もういいから、食べ始めよう」

わたしが言うと、母は深くため息をついた。

食事の間中、休みなくしゃべる母に適当に相槌《あいづち》を打ちながら、わたしはまだ、桔平のことを考えていた。

「原因は、収入格差じゃない？」

ライバルでもあり親友でもある、同僚の綾子《あやこ》は言った。彼女の夫は、今は大手の監査法人に勤める公認会計士だが、恋人時代は綾子のほうが収入があった。

「綾子の旦那さんて、そういうこと気にしてたの？」

「はっきり口にはしなかったけど、気にしてたと思う。だってプロポーズされたのって、彼が会計士になって、今のところに勤めだしてすぐのことだもん。自信がついたんでしょ。女を馬鹿にした話だけど、男って、そういうことを気にするじゃない」

確かに、桔平は大学病院に勤めてはいるが、臨床医ではなく研究医で、収入はわたしより低い。しかし勤務時間が短い分、料理、洗濯、掃除、ほとんどの家事をこなしてくれ、バランスは取れていた。そして彼はそのことに、負い目も引け目も感じている様子はなかった。

「それはないよ。桔平は、出世とか野心とか、かけらも持ってないもの。それに、家事が好きだし、上手なの。わたしが仕事に打ち込むことを認めてくれていて、昇進もすごく喜んでくれてる」

「だったら、あとは、家の問題じゃない？」

「家って？」

「家柄よ。実は彼の実家が、由緒のある旧家か何かで、そんじょそこらの庶民とは結婚できないとか、幼い頃から決められた許嫁《いいなずけ》が、すでにいるとか」

「それもない、絶対に」

「普通のおうちなの？」

「普通っていうか……彼、家族はいないの」

桔平は二十代の頃に、両親を相次いで病気で亡くしていた。兄弟のいない彼は、それ以来、天涯孤独の身なのだ。両親のことを訊《き》いても、あまり話したがらないので、どんな人たちだったのかほとんど知らない。もしかしたら、医師として二人を助けられなかったことが、彼の心を深く傷つけているのかもしれないとも思う。

彼は、楽しいときにも静かに微笑《ほほえ》むだけで、笑い転げたりしない。悪ふざけもしない。人見知りが強く、綾子にさえ会いたがらない。物静かで、声を荒らげることなど絶対にない。仕事のつき合いで連日酔って帰るわたしを、詰《なじ》ることもない。体を心配してくれ、いつも優しく介抱してくれる。そんなとき、彼は医者なんだなと思う。だけれど、それ以外のときは、わたしは彼が医師であることを忘れてしまう。詩人とか、画家とか、一人で小さな部屋に籠《こも》って静かに机に向かっている姿しか、思い浮かべることができない。実際彼は研究医だから、臨床医のように患者と向き合い、問診や触診や検査や治療や、ましてや手術などすることはない。大学病院の大きな研究室で白衣を着て、試験管を振ったり、顕微鏡を覗《のぞ》いたり、機械を操作したり、論文を書いたりしているのだ。

一度、なぜ臨床医ではなく、研究医の道を選んだのか、訊《たず》ねたことがあった。

「人と接するのが、苦手だから」

彼は、恥ずかしそうにそう言った。

思えば、わたしが彼を好きになったのは、その物静かなところだった。

桔平に出会うまで、つき合った人、デートだけで終わった人など、関わった男は何人かいたが、彼らは皆、一様に雄弁だった。仕事のこと、趣味のこと、交友関係などを自慢げに語って、わたしを閉口させた。彼らがわたしに期待していたのは、話に感心して賞賛することだけだった。わたしが話したいと思っている、日常の関心事や仕事で上げた成果のことなどは、彼らにとって、目に入ったごみのようなものだった。

桔平は、わたしに話をさせてくれる、はじめての男だった。仕事の愚痴を言っても、綾子の悪口を言っても、くだらないゴシップ記事の話をしても、テレビドラマに茶々を入れても、相槌を打ちながら最後まで聞いて、聞き終えると、賛同でも反論でも、自分の意見はさらっと、しかし決しておざなりでなく述べて、わたしを満足させてくれた。それだけではない。深夜までの勤務が何日続いても、接待で飲み過ぎて泥酔状態で帰宅しても、休日に昼過ぎまで寝ていても、「しょうがないなあ」と言ってすべて受け入れてくれる、たった一人の男だった。

そんな彼が、ただひとつ結婚だけは、わたしの望みに沿おうとしない。

口数の少ない彼の心の中に、何か、わたしが知らない大きな問題があるのかもしれないと思う。そして、それを深く問いただせない自分がいる。なぜなのか、わからない。

彼は結局、現れなかった。わたしは母を品川のホテルまで送り、一人で中目黒のマンションに帰った。

『今、お母さんをホテルに送った。これから帰ります。』

電車に乗ってからメールを送るが、返事はない。

桔平はいったいどんな顔で待っているのかと思ったが、家は空《から》だった。合わせる顔もないのだろう、そう思った。

『家に着いた。何してるの？』

そう打ってからシャワーを浴び、出たあとに返信がないことを確かめた頃には、落胆は失望に変わり、やがて怒りになった。それまで、こんな思いをわたしにさせたことはなかった彼の、本質を知ってしまったような気がした。

『どこにいるのかくらい、連絡できないの。』

いや、本当は以前から気づいていたのに、見ぬ振りをしてきたのだ。彼はただ気の弱い大人《おとな》しい男だっただけで、わたしに対して、少しも誠実ではなかったのだ。そんな思いが、ふつふつと湧いてくる。

『もう寝ます。悪いけど、今夜は顔を見たくないから、リビングで寝て。明日、話をしよう。』

メールに返信はないまま、彼は深夜になっても帰らなかった。明日は土曜日だから、どこかで飲んでいるか、朝までやっているファミレスかネットカフェで、夜を明かすつもりだろうか。そうだとしても、メール一本よこさないとは、どういうつもりなのだろう。

別れ。

頭にその言葉が浮かんだのは、明け方近くだった。

ベッドを出て、隣のリビングを覗く。ソファーの上には、寝る前に運んでおいた毛布が、きれいに畳まれたまま置いてあった。

以前二人で行ったことのあるバーで、バーボンの水割りを飲んでいる桔平、ファミレスで本を読んでいる桔平、ネットカフェで眠りこけている桔平、いろんな桔平を思い浮かべながら、わたしは意を決して、彼の携帯に電話をかけた。

きっと出ないだろう、そう思ったとき、

「もしもし」

雑音に交じって、女の声が耳に飛び込んできた。驚いて返事をできずにいると、声は続けて、

「こちら、医国堂《いこくどう》病院と申します。この電話の持ち主が、当院に搬送されてきています。あなたは、この電話の持ち主の、お知り合いですか」

と言った。相手の声は落ち着いていたが、その押し殺したような声色から、切迫した空気が伝わってきた。

携帯電話の持ち主は、くも膜下出血で病院に運び込まれ、現在昏睡《こんすい》状態だと、彼女は言った。午後六時半頃、新宿駅付近の路上で倒れていた彼を、近くのフラワーショップの店員が見つけ、救急車を呼んだというのだ。

通話が切れたスマートフォンを耳に当てたまま、わたしはソファーの上の毛布を見つめて、しばらく突っ立っていた。すぐに身元確認に行くと約束したが、体が動かなかった。桔平はきっと、携帯電話を落としたか盗まれたかしたのだ。病院に運ばれたというのは、それを拾ったか盗んだ人だ。そう思おうとした。

＊2

タクシーで、飯田橋駅近くのその病院に着いた頃には、すっかり夜が明けていた。

彼の三組の下着とパジャマを入れたバッグを抱え、電話で言われたとおりに、入り口脇にある警備室へ行く。名前を告げると、脳外科の処置室へ行くよう案内された。

すくむ足をなんとか動かし、休診日で外来患者のいないロビーを通り過ぎる。処置室に着くと、看護師に先導され、すぐ中に通された。全体にうす青い部屋には、さまざまな機械や器具がびっしりと並び、医師や看護師が忙《せわ》しなく手を動かしている。

中央のベッドに、さまざまなチューブを差し込まれ、機械につながっている人間が、黙って横たわっているのが見えた。体の中を、杭を打ち込まれるような衝撃が走った。寝ている男は、枯平だった。筋肉が弛緩した顔はまるで別人のようだったが、間違いなく枯平だった。

「ご家族に、間違いないですか」

看護師に言われ、戸惑う。

「はい。いや、家族ではないのですが、彼に間違いないです。いったい、どうしたんですか」

「病状については、あとで医師から説明があります。患者さんの、お名前を教えてください」

「小出《こいで》桔平です」

「小出桔平さんですね。失礼ですが、あなたはご家族の方ではないんですか」

「はい。この人、家族は亡くなって、誰もいないんです。わたしは家族ではありませんが、彼の……同居人です」

「同居人……そうですか」

「何か？」

「いえ、これから手術になる可能性があるんですが、キーパーソンが必要なんです」

「キーパーソン？」

「保証人です。ご本人に代わって、治療の説明を聞いたり、同意書にご署名いただいたりする方です」

「ああ。そういうことなら、わたしが」

「いえ、それが、家族の方でないと」

「でも、彼には家族がいないんです」

「すいません、どうしたらいいのか、ちょっと確認をしてきますので、一度退室していただけますか」

促されたが、足が動かない。人々の声と、電子音と、金属の触れ合う音が、頭の中でぐちゃぐちゃに交じって、不快に響き渡っていた。払いのけようと頭を振ると、突然、説明のつかない激しい感情が湧き上がった。

彼の名を呼ぶ金切り声が自分のものだと気づいたとき、わたしは廊下へ引きずり出されていた。

「大丈夫ですか」

男の医師が、目の前に立っていた。隣では、女の看護師が背をさすってくれている。

「すみません、動揺してしまって」

「そうですよね」

看護師に支えられながら、近くのベンチに座った。隣に、医師が座る。

「小出さんは、くも膜下出血を起こしていて、今、意識がない状態です。ＣＴスキャンで検査をしたところ、脳の動脈瘤《どうみゃくりゅう》が破裂していました。このあとＭＲＩの検査をして、さらに詳しく調べます。おそらく今日の午後、手術になると思います。キーパーソンの件は、そのときまでにご連絡します」

「……はい」

返事はしたが、頭の中はまったく整理できていなかった。

医師が処置室に戻ると、立っていた看護師が、わたしの前で膝を曲げて腰を落とした。

「小出さんの所持品を、お返ししてもよろしいですか」

「あ、はい」

「実は、警察の方に預けてあるんです。呼んできますので、このままここでお待ちください」

彼女が去ってしまうと、全身の力が抜けた。目の前の白い壁に、得体の知れない影が浮かんでは消えて見えた。母に電話をしようかと、着ていたパーカのポケットのスマートフォンを握ったが、やめて手を出した。

そのとき、

「小出さんの、関係者の方ですか」

先ほど看護師が去っていった方角から、背広姿の男が歩いてきた。

「はい」

返事をして立ち上がると、男は両手を差し出すようにして、座るようにと促した。

「あなた、小出さんの携帯に、電話をかけてきた方ですね」

男は言って、背広の胸ポケットから黒っぽい革財布のようなものを取り出し、二つ折りになったそれを開いて、わたしに向けた。男の顔写真が大きく貼られた、警察の身分証だった。

「そうです」

「お名前と、小出さんとの関係を教えていただけますか」

「川原《かわはら》由加利と言います。彼との関係は……パートナーです。一緒に暮らしています」

「何か、身分証明書をお持ちですかね」

「あ、はい」

わたしはパーカのポケットから財布を出し、運転免許証を抜いて渡した。帰郷のときくらいしか運転することがないので、ゴールド免許だ。

「パートナーというと、結婚はされてないわけですね。つまりは、内縁関係ですか」

「内縁て……恋人です」

「ああ、なるほど」

男は、頬骨の出た大きな顔を大袈裟《おおげさ》に振ってうなずき、免許証を返してきた。

「何なんですか。警察の方が、どうしてここに？」

「小出さんは、救急隊員が到着した時点ですでに意識がなかったので、本人に身元を確認することができなかったんです。それで、こちらの病院で彼の所持品を調べたんですが、それでも身元がわからなかったということで、警察に連絡が入ったんですよ。あなたから電話が入ったのは、そのあとでした」

「そうでしたか。ご迷惑をおかけしました」

「いや。それで、わたしのほうで小出さんの所持品をお預かりしているんですが、確認していただけますか」

「はい」

警察官は、肩に下げていたバッグから透明の袋を出し、中身を出してゆっくりと腰を曲げた。

「こちらです」

ベンチの黄色い合皮の上、先ほど医師が座っていた場所に並べられたのは、傷だらけの黒革の二つ折り財布と、旧式の携帯電話だった。どちらもこの五年間、ずっと枯平が持っている、彼の匂いが染み込んだものだ。

「財布には、三万円とちょっと入っています。携帯電話は、パスコードがかかっていて、開くことができませんでした」

「彼のです」

そう言って、馴染《なじ》み深い財布にそっと触れたとき、涙がこみ上げた。わたしは両手で顔を覆った。

「そうですか。貴重品と思われる所持品はこれだけなんですが、足りないものはないですか」

「彼は荷物を持たない人で、いつも上着のポケットに、この二つを入れて出掛けます。昨日もそうでしたから、これだけだと思います」

「わかりました。あともうひとつ、財布の中に、こんなものが入っていたんですがね」

　警察官は、ラミネート加工されたカードを差し出した。わたしはパーカの袖で涙を拭い、それを見た。今より少しだけ若い、桔平の無表情な顔が、まっすぐにわたしを見つめている。その横に、神奈川医科大学附属病院、心臓外科、研究医、小出桔平、と文字が並ぶ。

「彼の、職員証です」

　わたしは答えて、もう一度涙を拭った。

「この、神奈川医科大学附属病院へは、いつお勤めになっていたんですかね」

　警察官の口調が、心なしかきつくなった。

「いつって、知り合ってからずっと……今も勤めています」

　ふん、と警察官が鼻を鳴らす。

「それがですね、神奈川医科大学附属病院へ問い合わせたところ、小出桔平さんという職員は、存在しなかったんですよ」

「は？」

　と声は出したものの、警察官の言葉の意味は、理解できていなかった。

「心臓外科だけでなく、病院中のどこにも、この人はいないんです。病院、変わってないですか」

単語のひとつひとつは聞き取れているのだが、内容が入ってこない。警察官が黙っているのが、わたしの返事を待っているのだとわかり、

「いいえ」

と首を振ってはみたが、何が「いいえ」なのかわからない。

「あなたは、小出さんと同居されているんですよね」

そんなわたしの様子に気づいたのか、警察官はゆっくりと言う。

「はい」

「それでは、彼のご家族などへの連絡は、あなたができますね」

「……はい」

嘘をついたのは、本当のことを言えば、聞きたくないことを聞かされるような気がしたからだ。

「でしたら、早急に連絡してあげてください。どうも、あまりいい状態ではないようですからね」

言いながら、彼は桔平の職員証を財布の上に重ねて置き、軽く会釈《えしゃく》をしてきた。このまま帰るつもりだ。そう思ったら、考えるより先に言葉が出てきた。

「あの、桔平が、神奈川の病院にいないって、どういうことでしょうか」

横を向きかけていた警察官が、首をひねって顔を戻し、目を細めてわたしを見て
「失礼ですが」と言った。見透かすような目だった。

「川原さん、彼に関して何か困ったことや、気にかかっていることはありませんか」

「どういう意味ですか？」

「たとえば、小出さんにお金を貸したまま、返してもらっていないとか」

「何をおっしゃっているんですか」

「何もないなら、いいんです。実を言いますと、もしも職員証が偽造されたものだとしたら、私文書偽造という立派な犯罪なんです。まあ微罪ですし、本人があの状態では話も聞けないので、今回は見逃しますが、もし、何か被害がありましたら、すぐに警察に届けてください」

そう言うと、警察官は踵《きびす》を返した。その背中に、もっと訊ねたいことがたくさんあったが、飲み込んだ。訊いてはいけないと、わたしの内側から何かがわたしを引っ張

ったのだ。

去っていく警察官の足音に、「被害」「お金」という言葉が重なる。今すぐ桔平を叩き起こして、何が起こっているのか問いただしたかった。

そのとき、廊下を曲がりかけた警察官が足を止め、振り返った。

「川原さん、さっき、小出さんは知り合ったときから、その病院に勤めていたとおっしゃってましたね」

「はい」

「いつですか、知り合ったのは」

「二〇一一年です」

「それはまた、長いなあ。なぜ、結婚しなかったんです。二人とも、いいお年でしょうに」

わたしは答えず、横を向いた。警察官は、黙って廊下を曲がって行った。

折り財布を手に取り、職員証を戻すために財布を開こうとして、手が止まった。使い込まれたそれの中を、今まで開けて見たことなどない。彼の方も、わたしの財布やバッグを勝手に覗き見たりしない。

彼の意識はきっと戻る。わたしはそう信じて、職員証は自分の財布へ入れ、桔平の財布は開けずに、バッグへしまった。

「おはようございます。三月十一日、今日は、二〇一一年に起きた東日本大震災から、ちょうど六年となる日です」

近くの病室から、朝のニュース番組の音が聞こえてきた。六年前。それより前の桔平を、わたしは知らない。

医者の予告どおり、その日の午後、桔平の手術が行われることになった。

看護師が言っていたキーパーソンについては、土曜日で医療ソーシャルワーカーが不在だったことから、説明は月曜日に先送りされ、彼は「身元不明人」のまま、同意書なしで手術を受けた。

身元不明人。それが、五年もの間ひとつ屋根の下で共に暮らしてきた恋人であることが、信じられなかった。

手術が終わるのを待つ間じゅう、わたしは記憶に残っている彼の姿と言葉を、思い返していた。やわらかなくせっ毛も、温かい唇も、細い指も、確かにそこにあったのだから、「身元不明」であるはずがない。小出桔平は、わたしたちの居心地のいい家で毎日ご飯を食べ、話をし、笑ったり怒ったりして、風呂に入り、眠った。毎朝きっかり同じ時間に家を出て、同じ時間に帰ってきた。

わたしは自分の財布から、桔平の職員証を取り出して眺めた。そこにある、よく知っているはずの顔が、ゆがんで溶け崩れ、見知らぬ男の顔に見えてくる。

疑ったことなどなかったから、これまで気に留めてこなかったことが、ぷつっ、ぷつっ、と胸の中で小さくはじけだす。親も兄弟もいないこと、親戚と疎遠なこと、友達がいないこと、作ろうともしないこと……。

一方で、神奈川医科大学附属病院に彼がいなかったというのは、警察官の調査ミスに違いないという思いもあった。きっと電話で確認しただけなのだ。たまたま出た相手が、大病院の全職員の名を知っているはずがない。職員名簿を調べさせたとしても、警察官自身が、それを実際に見たわけではないだろう。見落とされたか、やりとりに齟齬《そご》があったのだ。

三時間あまりに及ぶ手術が終わったのは、日の暮れた夕方六時過ぎのことだった。

執刀医は、目的だった動脈瘤へのコイル装着は成功したと話したが、桔平の意識が回復することはなかった。

「意識はなくても、音は聞こえている場合が少なからずあります。声をかけてあげたり、体をさすってあげたりしてください。それも大事なリハビリになりますから」

看護師からそう言われ、集中治療室に戻った桔平の手を握ってみた。しかし彼は、握り返すどころか、指先ひとつ動かさない。カテーテルによる治療とはいえ、大手術をしたというのに、うめき声ひとつ上げず、顔の筋肉をゆるませたまま眠りこけている。

「きっちゃん、手術終わったよ。成功したって。よかったね」

耳元に口を寄せて言いながら、心の中では別の言葉がぐつぐつと沸き立ってくる。ねえ、きっちゃん。いったい何が起きているの。どうして待ち合わせに来なかったの。どうして新宿なんかで倒れていたの。答えて。答えてよ！

表情のない彼の顔が急に怖くなり、わたしは握っていた手を乱暴に離した。とてつもない大きな落とし穴が、目の前に広がっているような気がした。

いいや、そんなはずはない。このわたしが、そんな間違いを犯すはずがない。そう胸の内で唱えながら、ふらふらと廊下に出た。ベンチに座り、スマートフォンの電源を入れると、母からメールが届いていた。

『由加利、昨日はご馳走様。今から福岡行きの飛行機に乗ります。せっちゃんの花嫁姿、とっても綺麗でしたよ。披露宴の写真を送ります。おじいちゃんもおばあちゃんも、他のみんなも元気で、由加利がこの間、経済新聞に載ったことを、とっても喜んでいました。お母さんも鼻が高かったです。それじゃ、元気でね。仕事がんばって。小出さんによろしくお伝え下さい。』

読んでいるうちに、心細くなって涙が滲《にじ》んだ。母と食事をしたのが、もうずいぶん昔のことのように思われる。添付されていた画像は見ずに、

『お疲れ様でした。気をつけて帰ってね。お父さんによろしく。』

とだけ打って、返信した。そしてそのまま病室へは戻らず、自宅へ帰った。

＊3

翌日の日曜日、わたしは桔平を見舞わずに、横浜へ向かった。

駅からバスに乗り、二十分ほど行ったところに、神奈川医科大学附属病院はあった。

バス停の目の前に病院の駐車場とロータリーがあり、その先に主要棟がある。広大な敷地には他にも大きな建物がいくつも並び、ビル二棟だけの医国堂病院の、数倍の規模だった。

正面脇にある時間外入り口を入り、受付カウンターに行くと、制服姿の女性が二人、座ってパソコンに向かっていた。

「すみません」

声をかけると、若いほうがパソコン画面を見たまま、

「そちらの用紙に、必要事項をご記入ください」

と言った。カウンターには「面会受付票」と書かれた用紙が重ねて置かれている。

「いえ、面会ではないんです」

わたしがそう言うと、彼女はやっと顔を上げた。

「何でしょうか」

「人を探してまして」

「はい？」

いぶかしげな顔をしてから、隣の年上の女を振り返った彼女の前に、わたしは桔平

の職員証を置いた。

「この人なんです。心臓外科の……」

言いかけたとき、年上の女が立ち上がり、

「申し訳ありませんが、患者さんについては、お調べしたりお話ししたりすることはできないんです」

きっぱりと言って、口を結んだ。

「いいえ、そうではなくて、ここに勤めている、お医者さんなんです」

「ここの先生ですか？」

年上の女は、カウンターの枯平の職員証を見下ろした。

「小出枯平といいます。心臓外科の研究医です。写真はだいぶ前のものなので、今はもう少し老けていますが。もしかしたら科が変わったとか、以前にはここにいて、今は別の病院にいるとか、そういう可能性もあります」

女は顔を上げ、品定めするようにわたしを見ながら、

「これ、うちの職員証じゃないですよ」

ぶっきらぼうに言い、自分の首から下がっている職員証をつまんで、こちらに向け

た。配色や病院のロゴマークはよく似ていたが、書体や、引かれたラインの太さが違った。そして何よりも、桔平の職員証には、彼女のものには押されている病院の角印がなかった。

背中が冷たくなっていくのを感じながら、わたしは小さく頭を下げ、桔平の職員証をつかみ取って出口に向かって駆けた。

病院を出てからも、駆け続けた。バス停でも止まることができず、駅の方を目指して駆けた。頭の中を「私文書偽造」「被害」「お金」という警察官の声が暴れまわり、走っていなければ、叫び出してしまいそうだった。

一時間後、わたしは医国堂病院の受付にいた。神奈川の病院と同様、面会受付票を渡される。名前を書いたあと、患者との続柄の欄にある『ご家族・ご親戚・ご友人・その他』の前で固まった。ペンを握った手が、動かなかった。欄外には『集中治療室（ＩＣＵ）には、ご家族以外お入りになれません』という一文があった。昨日はそのことについて何も言われなかったが、事情と経緯を説明すれば、入れてくれるはずだった。そう自分をはげましても、手は動かない。

「何か、わからないことがありますか？」

受付の女が、にこやかな笑顔を向けてきた。

「あの……」

「はい？」

言おうとしたことを胸で唱えるが、それが口から出ていかない。

「いえ、いいんです」

わたしはペンを置き、書きかけの用紙を手の中で握りつぶしながら、カウンターを離れた。閑散としているロビーの隅で、車椅子に乗った中年の男が、娘らしい小学生の女の子と、スマートフォンを覗いて談笑している。わたしはそこへ近づき、親子のそばにあるごみ入れに、玉状になった紙を捨てた。


家の玄関ドアを開けた瞬間、桔平の匂いを感じ、わたしはその場に崩れ落ちた。

視線の先に、彼の革靴があった。つかんでドアに向かって投げつけた。それは床を転がり、シューズボックスの下から爪先を出している、薄汚れた白いスニーカーにぶつかって止まった。履かれてはいないが、捨てられずにとってある、大事な彼の物だ。左右どちらも、甲のところにわたしのいたずら書きがある。

　それを見ているうちに、こめかみがかっと熱くなった。わたしはスニーカーをつかむと、廊下を踏み鳴らして部屋へ入り、キッチンのカップボードからごみ袋を出して、中にスニーカーを放り込んだ。棚にあった桔平のご飯茶碗とコーヒーカップも投げ入れた。二つはぶつかり合って割れた。ごみ袋を持ったまま寝室へ移動し、彼の本やCDも入れた。

「大学に在学中に母親が癌《がん》で死んで、二年後に、父親が心筋梗塞《しんきんこうそく》で死んだんだ」

「父さんが亡くなったとき、僕は研修医だったから、そのとき心臓外科に行こうと決めた」

「両親は、反対されて駆け落ち同然に結婚した。だから、親戚づきあいは子供の頃からほとんどないんだ。二人が死んでしまってからは、まったくなくなった」

「北海道の、旭川から少し離れた小さな田舎《いなか》町で生まれ育ったんだ。高校から札幌に出て、神奈川の大学に進んでからは、親の葬儀以外には帰っていない」

「学生時代の友達とは、全然会ってないな。元々友達は少ないほうだし、同窓会も苦手だしね」

「クレジットカードは持たない主義なんだ。理由なんてない、ただ嫌いなだけ」

枯平が語った言葉たちが、こだまのように響いてわたしを嘲《あざけ》り笑う。なぜ、おかしいと思わなかったのだろう。何も疑わず、信じたのだろう。

両親のことを訊ねると「思い出すのが、辛《つら》いんだ」と言って黙ってしまう。

故郷の町の名を訊ねても「何もない、ど田舎だよ」としか答えない。

親戚は皆北海道にいるのかと訊ねると「今はわからない」と答える。

子供の頃の写真を見せてとねだると、母親を荼毘《だび》に付すとき、すべて棺に入れてしまったと言う。

「大人になってからのでもいい。わたしが知らない頃の枯平を見たいの。携帯電話に何か入っているでしょう？」

そう食い下がったとき、写真は苦手だから自分が写ったものはない、と言いながら、見せてくれた画像があった。美しい砂浜の海と、夕陽を真うしろにした灯台のシルエットの写真だった。

「うわあ、きれい。太陽が灯台の頭のところで燃えて、まるで蠟燭《ろうそく》みたいだね。ここはどこ？　北海道？」

「いや、違う」

　そのあと、彼はどこか場所を言った気もするが、覚えていない。詳しい場所やいつ行ったのかも訊いたが、「すごく昔だから、忘れた」の一点張りだった。

「誰と一緒だったの？」

　それは詮索ではなく、旅行と聞いて自然に口をついた問いだった。しかし、そこで彼が作った小さな沈黙は、わたしの心に砂粒ほどの違和感を残した。

「一人旅だよ」

　彼は言った。

「そう」

　わたしは答えた。

　気軽にあと一歩踏み込んでもおかしくはなかったのに、できなかった。今までにもそうしたことが、何度かあった気がする。見ない振りをしてきたが、覗けばわたしの心の中には、砂粒の小山ができているのかもしれない。

　気がつくと、わたしは散乱した部屋の中で、へたり込んでいた。あたりが、怖いくらい静かだった。

　散らばった本の下から、ロボットのフィギュアが見えた。めったに自分で自分のものを買うということをしない桔平が、珍しくネットオークションで落札したものだった。あれは、一緒に暮らし始めて間もない頃だ。子供の頃に好きだったのだと言って、中古で傷もあったそれを、宝石でも磨くようにハンカチで丁寧《ていねい》に拭き上げ、寝室の棚に飾っていた。

拾い上げると、片腕が折れてしまっていた。ごみ袋に入れると、かさっと乾いた音を立てた。

床には、桔平の財布と携帯電話も、重なるようにして落ちていた。携帯電話を手に取り、電源を入れると、すぐに四桁《けた》のパスコードを要求される。『1』『0』と、ゆっくり順番に押す。入力していったのは、桔平の誕生日だ。毎年近所のレストランを予約し、二人でささやかに祝った日付。

二〇一二年の秋、二人ではじめて祝った彼の誕生日に、わたしは眼鏡を贈った。出会ったときから彼がかけていたものが、レンズもフレームも傷だらけだったからだ。わたしもまだ入社二年目でお金がなかったので、食事の前に安いメガネチェーン店へ行ったのが、はじめて二人でした買い物だった。二回目は、通勤用のシャツを、色違いで三枚贈った。白と、クリーム色と、薄い紫。ファストファッションブランドだったが、白衣で隠れるからと身なりに無頓着《むとんじゃく》だった彼には、それでも十分おしゃれだった。三回目は靴だ。これも、つき合い始めた頃から履いていた革靴が、あまりに傷《いた》んでいたのを見かねてだった。四回目は、またシャツを贈った。前に贈ったものが傷んだからだが、今度はヨーロッパのハイブランドのものだった。わたしは入社五年目となり、それなりに昇給もしていたのだ。そして五回目の昨年は……とそこまで考えたところで、四桁目をちょうど入れ終えた。携帯電話の画面は、エラーを示していた。

昨年の彼の誕生日は、わたしが商品開発チームのチーフになった祝いも兼ねて、旅行をプレゼントしようと前々から決めていた。行き先は、北海道だ。彼の故郷を見てみたかった。そして、彼を喜ばせたかった。しかし、桔平は行きたくないと言った。別の候補地を挙げても、珍しく意固地になって、どこにも行きたくないと言った。そして「そんな無駄遣いをしないで、貯金しておいて」と言うのだった。わたしは気が抜けてしまい、その上仕事も忙しくなり、彼の誕生日の当日はプレゼントなしで、二人で食事をしただけで終わってしまった。

携帯電話のパスコードは、わたしの誕生日でも、彼の生まれ年でもなかった。二人が出会った記念日でも、互いの電話番号でも、マンションの番地でもなかった。他に思い当たる数字はない。わたしは鼻で笑い、携帯電話をごみ袋に入れた。そして次に財布を拾い上げ、躊躇《ちゅうちょ》なく開いた。

はじめて見る桔平の財布の中は、四つあるカードポケットのうち、一つにＳｕｉｃａが入っているだけだった。札入れには、警察官が言っていたとおり、一万円札が二枚と五千円札が一枚、千円札が六枚入っていた。

ややふくらんでいる、小銭入れのホックを外した。逆さにすると、フローリングに小銭がばらばらと落ち、高い金属音を立てた。その中に、小さな鍵があった。つまみ上げてよく見ると、番号が刻印されている。コインロッカーのキーのようだが、まるで覚えがなかった。

胸騒ぎを覚え、わたしは小銭だけ財布に戻して、鍵を握りしめた。そして、一昨日の朝まで二人で寝ていたセミダブルのベッドに、服を着たまま横になった。目をつむると、体の右側が無意識に、桔平の気配を探そうとする。

「行ってきます」

金曜日の朝に玄関で聞いた、桔平の声を思い出す。

「ねえ、きっちゃん」

「ん？」

「わたしの、どこが好き？」

「何だよ、急に」

靴の紐を結びながら、桔平は笑った。それはつき合い始めた頃から、わたしがよく彼に投げかけた問いだった。ただ、甘えたいだけの問いかけ。あの朝もそうだった。わたしはどこか、不安だったのだ。

「わたしはきっちゃんの、そのくせっ毛がかわいくて好き。あったかい唇も、細い指も、それから……」

「わかったわかった、照れくさいよ」

「だめ。言ってくれるまで家から出さない。わたしはきっちゃんの、優しいところも大好き。風邪で寝込んだら、看病してくれること、残業して帰ると、お風呂を沸かして待っててくれること、夜に突然雨が降ったら、駅まで傘を持って迎えにきてくれること、それから……」

「それから？」

桔平は靴を履き終え、ドアノブに手をかけた。

「明日の夜、チキンとトマトの煮込んだやつを作ってくれること」

「ええ?」

わたしが声を上げて笑うと、桔平は微笑んで「わかったよ」と言い、ドアを開けて出ていった。

目を開け、天井を睨《にら》むと、彼の体の感触や、囁《ささや》く声、髪の匂いが、小さな無数のシャボン玉が次々とはじけるように、音もなく消えていく気がした。

＊4

翌月曜日の午前中は、病院の医療ソーシャルワーカーと面会することになっていた。午後から出社しようと思えばできたが、そんな気になれず、風邪で発熱したので休むと電話で上司に偽《いつわ》った。

そのあと綾子にメールで、桔平が入院していることを知らせると、数分後に、電話が鳴った。

「入院て、小出さん、どうしたの」

うしろで陶器がぶつかるような音がするのは、給湯室でお茶を淹《い》れながら話しているのだろう。

「くも膜下出血で倒れたの、金曜日に」

音が止《や》んだ。

「それ、大病じゃないの。容態はどうなの」

「土曜日に、手術をした。頭を切ったわけじゃなくて、脚の付け根からカテーテルを入れるやつ」

「それだって、脳の手術でしょ。大手術じゃないの。で、経過はいいの？」

カツカツと、早足で行くヒールの音が響く。いつもパンツスーツをぴしっと着こなし、背筋を伸ばして歩く、綾子の姿が思い浮かんだ。

「ううん。ずっと、意識がないの」

「でも手術したんだから、回復の見込みはあるんでしょう？」

「……わからないって」

深い溜息のあと、雑音が入り、遠くなった綾子の声が、部下に指示を出すのが聞こえた。

「そう、それで由加利、あなた大丈夫なの」

「うん、大丈夫。付き添いをしなきゃいけないわけでもないし、明日には会社に行ける。部長には風邪って言ってあるから、余計なこと言わないでね」

「そういうことじゃなくて」

「何？」

「彼、天涯孤独だって言ってたじゃない」

電話の向こうから、忙しなくパソコンのキーボードを叩く音がし始めた。

「うん、そうだけど、それが何？」

「言いにくいけど、その病気で意識不明といったら、このまま植物状態になるか、意識が戻ったとしても、障害が残る可能性もあるでしょう」

「やめてよ、綾子」

「ごめん。今言うことじゃないのはわかってる。もちろんわたしだって、小出さんの回復を願ってるよ。だけど、医者が回復は難しいって言ってるってことは、このまま意識が戻らない可能性が高いってことでしょう。だから、心配なの」

「心配って、何が？」

「もしもそうなったとき、あなたがどうする気なのか」

「どうするって……」

「これからのこと、どう考えているの」

「今から病院に行って、ソーシャルワーカーと面談することになってるの。そういうことも、相談できると思う」

「何を相談するの？」

「わからないよ、わたしだってこんなこと、はじめてなんだもん」

「でも今のところ、あなたが家族の代わりになってるわけね」

「当たり前でしょう、彼にはわたししかいないんだもの。それに、わたしたちは五年も一緒に暮らしてきた、恋人同士なんだから」

「ほら。心配だなあ」

「ほらって、何がよ」

「五年も一緒に暮らしてきたけど、あなたたちは結婚してない。小出さんは、由加利の家族じゃないんだよ」

「そんなこと、さんざん病院で思い知らされたわよ。だけど、結婚してるかしてないかなんて、ただの契約上のことでしょう。わたしたちは、生活を共にしてきたんだから、家族同然なの」

「違う」

「綾子、いったい何が言いたいの」

「よく聞いて。わたしは由加利が小出さんのことを大好きだってことを知ってるし、二人が愛し合ってることもわかってる。だけど由加利、あなたはまだたった三十歳の、独身の女なんだよ。人生これからなんだよ、わかってる？」

「わかってるよ。それに、まだぎりぎり二十九。で、何が言いたいの」

「この先の人生を棒に振るようなことを、しないでって言いたいの」

「それって……」

「いい、由加利。わたしのことを悪人にしてもいいから、彼のこと、赤の他人だと思いなさい」

「綾子……」

「今、ざっとネットで調べてみた限り、法律上、由加利が病院から治療費を請求されたりすることはなさそうだけど、もしそういうことを匂わされても、はっきりと他人だから関係ないって突っぱねるのよ。お金のことだけじゃなくて、介護やなんかについてもよ。大丈夫、身寄りがない病人のことは、役所がちゃんと面倒見てくれるから」

「何、馬鹿なこと言ってんのよ」

「馬鹿なことじゃない。決めるのは由加利だから、わたしはこれ以上のことは言わない。だけど決めるときには、今わたしが言ったことを思い出して。わたしのせいにしていいから、自分の将来を一番に考えた結論を出して。わかった？」

「決めるって、何を」

「これからのことよ。意識の戻らない小出さんとの関係を、どうするかってこと。一日面倒見れば一日分、一か月面倒見れば一か月分、一年面倒見れば一年分、由加利は勝手に小出さんに責任を感じて、どんどん自分を犠牲にしなきゃならなくなるよ」

「綾子、もうやめて。そういうこと、今は考えたくない」

「ごめんね。だけどわたしには、会いたがっても一度も会ってくれなかった見ず知らずの男より、これまで一緒に闘ってきた由加利のほうが、何倍も大事なの。それだけは、知っていて」

「……わかった。ありがとう」

電話を切ったあと、すぐには立ち上がれず、ソファーに座ったままでいた。

綾子は勘がいい。わたしの中にある何かを、うっすらとでも嗅ぎ取ったのかもしれない。「浮気をしている男ほど、妻の話をしたがる」「バランスの悪いカップルほど、のろけて見せる」。飲みながら彼女が言ったそんな言葉を思い出しながら、わたしはのろのろと身支度をした。


窓のない白壁で囲まれ、テーブルと椅子が三脚置かれただけの小さな部屋は、ドラマで見る警察の取調室のようだった。

「保険証が見つからない、戸籍もわからない、親族もいない、ということですか」

地味な濃紺のスカートスーツを着た、中年の医療ソーシャルワーカーは、眉間《みけん》にしわを寄せ、手に持った書類に視線を落とした。

「はい。まだ、結婚していなかったものですから」

結婚の予定があったかのような言い方で、わたしはこんな他人にも、体面を保とうとする。

「当病院では、入院にはキーパーソンが二人必要です。いわゆる保証人ですね。それぞれ別世帯の親族であることが望ましいのですが、小出さんには、ご親戚もいらっしゃらないということなんですね？」

「どこかにはいるらしいですが、子供時分から疎遠で、名前も顔も覚えていないと聞いています」

ソーシャルワーカーは、うーんと小さくうなって、ペンの尻で顎《あご》をつつく。

「そういう場合は通常、住まわれている市区町村で対処してもらうのですが、住民票も戸籍も、あなたには、どこにあるかわからないわけですね」

「はい、そうです」

「小出さんのお勤め先は、どうなっていますか」

「……それも、わからないんです。今回のことで、わたしが彼から聞いていた勤務先に、彼が在籍していなかったことがわかって」

彼女が、眉をぴくっと痙攣《けいれん》させた。

「失礼ですが、川原さんは、小出さんとは恋人同士の関係にあって、同居されているということですね」

「はい」

「小出さんの財産管理などは、どうなっていますか」

「財布は別々でしたから、彼のお金のことは、まったくわかりません」

わたしは昨日見た、枯平の財布に入っていた現金を思い出していた。毎月よこしていた十万円の生活費は、いったいどこで捻出していたのか、考えようとすると、気分が悪くなる。

「わかりました。では、小出さんのご親族が見つからなかった場合、あなたが保証人になることは可能ですか」

「保証人というのは、どういう役割でしょうか」

「病院との契約で、患者さんご本人が治療費を支払えなかった場合、代わりに支払っていただく役割です。万が一、患者さんが死亡された場合の、ご遺体の引き取りもしていただきます」

遺体、と聞いて頭の中を一瞬、ごうと音をたてて激しい風が吹いた。

わたしが黙っていると、彼女は続けた。

「他人はたいてい引き受けませんから、気になさらないで」

　何か言い返したいが、言葉が喉に詰まってすぐに出てこない。拳で胸を叩き、唾《つば》を飲んだ。

「あ……あの、もしも彼の親族が見つからなくて、わたしが彼の保証人にならなかった場合、どうなるんでしょうか」

「その場合は、身元不明人という扱いになりますね」

「身元不明人、ですか」

「はい。小出さんの生活保護申請をして、そこから治療費を出してもらうことになります。ただ小出さんの場合、戸籍もわからないので、申請する先がどうなるか、ちょっと時間がかかるかもしれません」

「生活保護……」

「行旅病人《こうりょびょうにん》及《および》行旅死亡人《こうりょしぼうにん》取扱法《とりあつかいほう》という法律で、身元不明の方も、しっかり市区町村が守るようになっていますから、安心してください」

　言い終えるなり、彼女はてきぱきと書類を片付け始めた。彼女の中ではもう、わたしは保証人を断ったということになっているようだった。一瞬かちんときたくせに、保証人になるとは言い出せない。

「あの、わたしは何をすればいいんでしょうか」

「そうですね。特にはありませんが、入院中の患者さんのお世話などを、積極的にしていただければ、病院は助かります」

彼女はすべての書類をまとめると、立ち上がった。

促されて面談室を出ると、わたしはそのまま倒れるように、かたわらのベンチに腰掛けた。書類を抱えて廊下を去っていく、ソーシャルワーカーの颯爽《さっそう》とした背を見ながら、朝、綾子から言われた言葉を反芻《はんすう》していた。誰も、わたしを責めたりはしない。そう言い聞かせた。

大学病院の研究医、今は身分も低く安月給だが、いつか大きな研究をものにして、出世して、偉くなる人。人々から尊敬されるお医者さま。わたしはその人の、妻になる。つい三日前までそう信じ、そう夢みてきた自分の浅はかさに、笑いも出てこない。

そこで、はっとした。彼はこうなって、実は安堵しているのではないかと思ったのだ。わたしから母に会うようせがまれ、承知してしまい、あの日青山で面会をしていれば、当然のこと、結婚に向けて話は進んでいっただろう。そこでぼろを出すすんでのところで、逃げおおせたのだから。

スマートフォンが、メールを着信した。見ると、綾子からだった。

『面談、どうだった？　あれから気になって調べてみたんだけど、彼が仕事に復帰できなければ、勤め先の病院から退職金が出るだろうし、見舞金や、生命保険の入院特約なんかも出るはずよ。他人だと手続きが難しいかもしれないけど、協力するから、何でも遠慮なく言うのよ。』

返信ボタンを押し、空欄を数秒間見つめてから、わたしはスマートフォンを閉じた。

そして、桔平の病室には寄らずに帰宅した。

＊5

手術から二週間後、桔平は意識が戻らぬまま、一般病棟に移った。

その間、病院は桔平を身元不明ということで、居住区だった目黒区に生活保護申請をしたが、住民票がないこと、資産が不明なことなどから、手続きは難航しているようだった。

綾子には、保証人を断った翌日に、その報告をした。しかし、桔平の嘘については、打ち明けられなかった。医師でなかったことも、戸籍がどこにあるのかわからないことも、言えなかった。彼女は事情を何も知らぬまま、わたしをはげましてくれた。

「それでよかったのよ、由加利。あなたは間違ってない」

「そうかな。まだ、よくわからないの。でも、彼の看病は続けていくつもり」

「うん。それで十分よ」

「それからね、彼の親族を、探そうと思うの」

「親族？　いないんじゃなかったの？」

「ずっと会っていないというだけで、全くいないわけじゃないと思うんだ」

「そう。もしもいるなら、色々と助かるわよね、保証人のこともあるし」

「うん。それに、彼のこと、わたし一人で抱えるのは、重たくて」

「そうだよね……。大丈夫、きっと見つかるから」

綾子は、涙ぐんでいた。身寄りのない恋人を見捨ててしまった自責の念で、わたしが苦しんでいると想像しているのだろう。

しかしわたしが抱えていたのは、自責などとはまったく別の思いだった。

一時間残業をして退社後、わたしは会社からほど近い喫茶店で、人を待っていた。たまにランチに利用する店だったが、駅方向とは逆にある上、繁華な通りからも外れているので、ここで会社の人間に出くわす心配はない。仕事中の秘密の逃げ場所として、同僚にも、綾子にさえも教えたことのない店だった。

コーヒーが半分になった頃、店のドアが開き、慌《あわ》てた様子の男が入ってきた。白髪《しらが》交じりの頭に無精髭《ぶしょうひげ》を生やしたその男は、店内をさっと見渡してすぐにわたしに目を留め、手を上げて一直線に近づいてくる。

「やあやあ、川原さん、どうもどうもどうも」

わたしは身構えたが、相手は気にする様子もなく、向かいの席に座り、持っていたブリーフケースを隣の椅子に乱暴に置くと、テーブルの水のコップをつかみ、喉を鳴らして飲んだ。

「あの、海原《かいばら》エージェンシーの方ですか」

問いただすと、

「やあやあ、すいません遅れちゃって。事務所を出る前に、ちょっとごたごたしましてね。電話しようと思ったんですけど、運転しながらは掛けられなくて。おまけに駐車場がなかなかなくて、参りました。申し遅れました、海原エージェンシー代表の、海原と申します」

男は上着の内ポケットから名刺入れを出し、そこから一枚抜いてこちらに差し出してから、忙しなく体をうしろにひねって「ここホットひとつね」と、カウンターの店員に注文をした。店員の背後の壁掛け時計を見ると、約束の時間を十五分も過ぎている。

「あの、今お店に入って来て、どうしてすぐにわたしだって、わかったんですか。お会いしたこともないのに」

「川原由加利さんでググったら、出てきましたよ、ウーマン・オブ・ザ・イヤーの記事。年齢が同じだし、指定されてきたこの店がお勤め先の近くだし、この人に間違いないと思いましてね。頭に焼きつけてきました。あの写真、よく撮れてますね。いや、ご本人のほうがずっと美人ですが」

「依頼人の名前を、いちいちググるんですか」

「案件によってです。人探しや身元調査は、一歩間違えれば、犯罪に加担することにもなりかねませんから。それで、ご依頼は、身元調査でよろしいんでしたよね」

頭が切れるのか、調子がいいだけなのか、早口で流れるようにしゃべる男だった。

「はい」

「メールでいただいていた依頼内容を、こちらのほうでまとめましたんで、確認していただけますか」

「わかりました」

海原は、ブリーフケースからファイルとペンケースを出し、テーブルに広げた。

「調査したい対象は、小出桔平さん、三十七歳。依頼人の川原さんとは、五年間同棲している恋人同士の間柄。半月前の三月十日金曜日の夜、新宿駅東口タクシー乗り場付近にて、くも膜下出血で倒れ、現在意識不明、都内の医国堂病院にて入院中。間違いないですか」

「はい、間違いありません」

「今回の入院で、小出さんがお勤めしていたはずの、神奈川医科大学附属病院の心臓外科に、彼がいなかったことがわかった。所持していた病院の職員証は、偽造されたものだった。彼は他に、運転免許証もパスポートもクレジットカードも持っておらず、家族や親族もなく、身元がわかるものがない。そこで、当社に依頼されたと」

「そうです」

「それから、小出桔平さんにお金を貸すなどの、金銭的なやりとりはない、ということですね。なぜこんなことを、わざわざ書かれたんです？」

「警察に、詐欺か何かを、疑われたからです」

「警察。まあ、そうでしょうね。身元を偽るってことは、犯罪の第一歩ですから。相手が一流企業にお勤めの、妙齢の独身女性ということになれば、たいてい結婚詐欺を疑うでしょう」

「彼は、そういう人ではありません。毎月、生活費を入れてくれていましたし」

「いくらですか？」

「答えなきゃ駄目ですか」

「いえ、今は結構です。必要になったら、あらためてお聞きします。それで、と。調査の目的は、何ですか」

「目的？」

「そうです。何のために、小出さんの身元を知りたいんですか」

「そんなこと、言わなきゃいけないんですか」

「今は、個人情報保護法や、ストーカー規制法があって、気を使うんですよ。特に身元調査は、対象者の個人情報を扱うものですからね。なので、聞いておかなきゃいけないんです。目的は、何ですか」

他人。また「他人」だ。五年も一緒に暮らしたのに、結婚していないというだけで、わたしと桔平は、今目の前にいる初対面の男と同じ、赤の他人でしかないのだ。

「それは、……彼の肉親探しです。今、生死の境をさまよっていますから、もしも肉親がいるなら、知らせたいんです。それに、可能であれば、入院中の病院の保証人にもなってもらいたいんです」

「なるほど。しかし彼は、自分には家族も親戚もいないと、言っていたんですよね」

「それも、嘘かもしれないでしょう」

「確かに」

「一刻も早く、調べてください」

「わかりました。では、小出さんの身元調査ではなく、肉親探しということで、よろしいですね？」

海原が、ファイルを閉じかけた。

「それって、違うんですか」

「違いますよ、人探しと身元調査では、まるっきり違います」

「困ります。わたしは、彼の身元を調べて欲しいんです」

「どういうことでしょう。肉親に小出さんの危篤《きとく》を知らせるということ以外にも、何か目的があるということですか」

「……そうおっしゃるなら、そうです。目的はもうひとつあります」

「何です?」

「……彼のことが、知りたいんです」

海原が「ふうむ」と鼻を鳴らして腕組みをし、背もたれに体をあずけた。

「五年も一緒に暮らしたなら、よくご存じでしょう」

「そうじゃなくて、本当の彼が何者なのか、知りたいんです」

「あなたが知っている彼は、本物じゃない?」

「そういうことじゃなくて……。だって知りたいでしょう。五年間も、わたしだまされていたんですよ。真実を知りたいのは、当然じゃないですか」

「そうですね。それで、知ってどうなさるんです」

「どうって？」

「あなた、今もうすでに、だまされていたってことを知ってるんだ。調査してわかることも、彼があなたを五年間だましていたっていう、そのことだけですよ。それで、どうするんですか」

「どうするって……何もしません。ただ、彼がどうしてわたしをだましていたのか、それを知りたいんです」

ふむ、と言って、海原はペンを取った。

「小出さんが、川原さんを、五年間もの間、だましていた理由を、知りたいと」

細かな文字が印字された用紙の余白に、荒っぽく書きつけるその動作が、わたしを苛《いら》つかせた。

「おかしいですか」

「はい？」

「なんだか、馬鹿にされているみたいで。男にだまされた女が、それが悔しくて逆上しているだけだって、そう思ってるんじゃないですか」

「そう思われているっていう、自覚がおありなんですか」

「やっぱり。そう思ってるんですね」

「いいえ」

「思ってるんじゃない！」

大きな声が出てしまった。恥ずかしさに、下を向いたまま顔を上げられない。

「川原さん、わたしはそんなこと、思っていませんよ。ただ、依頼の目的を明確にしたいだけです。個人情報のためだけじゃありません。たとえば同じ浮気調査でも、離婚を目的にしている場合と、復縁を目的にしている場合とでは、まったくやり方が違うんです。対象の肉親を探すのと、恋人をだました理由を探るのとでは、調査方法が全然違うっていうのは、想像できるでしょう」

わたしはうつむいたまま、首を縦に振った。

「……そうですね。すみません、取り乱してしまって」

「いいえ。こんなの、取り乱したうちに入りませんよ。お気持ちは、お察しします。ところで、我々も超能力者ではありませんから、身元を調べるには、糸口が必要です。彼の、健康保険証はどうなっていますか。入院には必要でしょう」

「家中を探したんですが、見つかりませんでした」

「困りましたね。そうなると、彼に関して、確かなことは何一つない。小出桔平という名前さえ、本名かどうかわからない」

「えっ？」

わたしは顔を上げた。海原は眉間にしわを寄せ、書類をペンの先で突《つつ》いていた。

「そうでしょう。今のところ、身分証明できるものは、何ひとつないんですから」

桔平は、小出桔平でさえないのかもしれない。ぐらっと、景色が揺らいだ。

「北海道はどうでしょうか。彼は、旭川から少し離れた、田舎町で生まれたんです。そこから調べては？」

「確かですか？　学校の卒業証書やアルバムなどで、確認されていますか？」

「……いいえ」

「彼の言葉は、いったんすべて忘れましょう。確かなものだけを集めるんです。小さなことでもいいですから」

「だったら、これだけです」

わたしはバッグからポーチを出し、そこから桔平の携帯電話と、あの鍵を取り出して、テーブルに置いた。

「小出さんの、携帯電話ですか」

「はい。パスコードがわからなくて、中は見れません」

「この鍵は、何です？」

「財布の小銭入れに、入っていたんです」

海原が、それをつまみ上げた。

「コインロッカーの鍵のようですね。思い当たるところは？」

「ありません。家の最寄り駅は中目黒なんですが、そこのコインロッカーではありませんでした」

「あなたに隠して、家には置いておけない何かを、預けているんですね。そこに、彼の身元がわかるものが、入っているのかもしれない。携帯電話を契約するには、何かしら身分証明が必要ですからね」

「あ、そっか」

「両方とも、預からせてもらっていいですか。携帯のパスコードがわかったときも、コインロッカーが見つかったときも、どちらも必ず、川原さんの立ち会いの下に開けるとお約束します」

「どうぞ」

「この半月、彼の携帯電話に、誰かから電話やメールは？」

「ありません。そう言えば、彼が携帯電話で誰かと話しているところを、わたし、見たことがないです」

「一度も？」

「はい」

わたしたちは同時に、桔平の携帯電話を見た。「人見知りだから、友達は少ないんだ」。そうぽつりと言った、桔平の声がよみがえる。

「そうだ、彼は、ＳｕｉｃａかＰＡＳＭＯは持っていましたか」

「持ってます。Ｓｕｉｃａを」

「それがあれば、乗車の履歴を調べられるのを、ご存じですか」

「いいえ」

「Ｓｕｉｃａの自動券売機で、印字して出してくれます。調べて、内容を教えてください」

「わかりました」

「他に、彼の所持品はありますか？　特に、あなたと出会う前から持っていたもの」

「一緒に暮らすことになったとき、彼が持ってきたのは、数冊の医療関係の本だけです。あとあるのは、ロボットのおもちゃかな」

グレーのボストンバッグ一つだけでマンションにやって来た、ジャージ姿の枯平を思い出す。「これだけ？」と言ってわたしが絶句すると、「断捨離してきた」と、恥ずかしそうに言った。

「ロボットっていうのは？」

「子供の頃に好きだったものらしくて、一緒に暮らしはじめて間もなく、ネットオークションで買ったものです」

海原は、少し考える顔をした。

「本に、手掛かりがないかな、書き込みとか。面倒でも、すべての本をチェックしてもらえませんか」

「やります」

「まずは、そんなところかな」

言いながら、海原はコインロッカーの鍵をファイルのポケットに入れ、それをバッグにしまった。

「よろしくお願いします」

頭を下げると同時に、うなじに冷たいものが走り、ぶるっと震えた。知りたくてたまらない桔平の真実に近づくことが、急に怖くなったのだ。

そのとき、椅子から立ち上がりかけていた海原が、「そうだ」と言って座り直した。

「三月十日に彼が新宿にいたのは、なぜですか」

「知りません」

海原が、目をしばたたかせる。

「小出さんが倒れたのは、午後六時半頃で、あなたが病院に駆けつけたのは、翌朝でしたよね」

「ええ。わたしが彼の携帯に電話をしたのが明け方で、病院の方が出てくださって、そこではじめて、彼が倒れたことを知ったので」

「小出さんが無断で朝帰りするのは、珍しくないんですか」

「いいえ。はじめてでした」

「だから心配になって、電話をしたんですね？　でも、なぜ明け方なんです？　これまで一度もそんなことをしたことがない恋人が、連絡なしに夜になっても家に帰って来なかったら、もっと早く電話するんじゃないですか」

「メールはしていたんです」

「返事は？」

「ありませんでした」

「そりゃそうですよね、意識不明だったんだから。しかし、だったらますます心配じゃありませんか。なぜもっと早くに、電話をかけなかったんです」

「そんなに、おかしいことですか」

「川原さん、小さなことでも、真実につながります。言いにくいことも、なるべく話してもらえませんか」

まっすぐ見つめてくる小さな目の中の光に、わたしは射すくめられた。

「わたし、彼はその晩、帰らないかもしれないって、思っていたんです」

「どうしてです？」

「わたしたち、金曜日の夜、青山で待ち合わせをしていたんです。はじめて、彼を親に紹介することになっていました。彼は、本当は嫌がっていたんです。でも、わたしが強く頼んで、承知してくれました。だから、あの日やっぱり直前に嫌になって、逃げたんじゃないかって。それで、家に帰りづらくて、どこかで時間をつぶしているんじゃないかと、そう思っていたんです」

「なるほど、合点がいきました。それは、大きな喧嘩だったんですか」

「いいえ、喧嘩なんてまったくしていません。朝家を出るときにも、他愛のないおしゃべりをして、いつもどおり行ってきますって、声をかけてくれて」

いってらっしゃい、と答えたあと、閉まったドアの音が、耳元によみがえった。

「五年も同棲した相手を、親に会わせるんですから、それはもう、結婚という話ですよね？」

「いいえ、そこまでは」

「しかし彼は、そう考えるでしょう。男だったら考えますよ、普通。だが、彼がこれまであなたに話してきた背景は、全部偽りだ。困ったでしょうね、小出さん」

黙っていると、海原はひとり言のようにつぶやいた。

「新宿駅か……。もしかしたら、そのままどこかに行ってしまうつもりだったのかもしれないな」

自分の考えていたことを言い当てられたような気がして、わたしはかっとした。

「そんなはずはありません。だって、朝はいつもどおりだったし、何の荷物も持っていなかったし」

「コインロッカー」

「え……?」

「推測ですがね。そこにあらかじめ、大事なものを運んでおいたのかもしれない。いきなり朝、大荷物を持って家を出たら、あなたにばれてしまいますからね」

「でも、家から彼のものは、何もなくなっていません」

「少なくとも、健康保険証は見つからないんでしょう?」

「それは……はじめからなかったと思います。それに、彼は倒れたとき、朝に家を出たときのまま、財布と携帯電話しか持っていなかったんですよ」

「コインロッカーの鍵を持っていたんですから、取りに行く途中だったのかもしれない」

「でも……」

何か言い返してやりたいのに、材料がない。

「ああ、すみません、あくまでも推測です。あらゆる可能性を考えるのが、この商売の基本なんです」

「ええ、わかっています。恋人を五年間もだましていた人ですから、何を疑われたって、しかたありません」

「川原さん、あなたは小出さんにだまされていたとおっしゃいますが、そうではなくて、小出さんが、何かを隠していたとは考えられませんか」

「何が違うんですか。だますも隠すも、同じことでしょう」

「そうかな」

「同じことです。嘘をついていたことには、変わりないんですから」

「まあ、……そうか」

海原は、天井を睨んだ。

「何を、おっしゃりたいんですか」

しかし、海原はそれ以上何も言わず、すっと立つと「ではこれで」とだけ言って、店を出て行ってしまった。

帰宅してすぐ、寝室の書棚にある桔平の本をチェックしたが、どれもきれいで書き込みはなかった。小説が七冊、医療関係の本はたった二冊だった。なぜおかしいと思わなかったのか、自分に腹が立つ。

翌朝の出勤時に、中目黒駅で桔平のSuicaの利用履歴を調べた。タッチパネルに現れた直近二十回分の履歴を見て、わたしは仰天した。それは平日の毎日、彼が中目黒から新宿へ通っていたことを示していたのだ。

朝は八時半前後に中目黒駅の改札を通り、九時前に新宿駅に着く。帰りは六時半前後に新宿駅の改札を通り、七時には中目黒駅に帰ってくる。まるでサラリーマンのように、きっちりとほぼ同じ時刻に。彼はあの日、わざわざ新宿に行ったわけではなく、毎日行っていた場所で倒れたということだ。

最後の履歴は、三月十日。朝八時五十七分に、新宿駅の改札を出た記録だった。

新宿。東京一のその繁華街に、わたしは桔平と二人で行ったことはない。たまに買い物や外食に出るのは、渋谷か代官山、あるいは銀座で、クリスマスや互いの誕生日にちょっと奮発するときも、だいたいそのあたりで済ましていた。どうしても新宿でなければならない用事がなかったので、彼がそこを避けていると考えることもなく、ましてや毎日そこへ通っているなど、想像すらできなかった。

桔平と出会った頃、わたしはまだ、会社の営業部にいた。新宿は担当エリアだったので、各百貨店の食品部にはしょっちゅう出向いていたし、一年後にマーケティング部に移ってからも、行くことはあった。家で仕事の話はよくしたから、彼もそのことは知っていたはずだ。

見知った新宿の街を、頭に思い起こす。人混みの大通りや、猥雑《わいざつ》な裏通り、わたしがそこにいたとき、彼も近くにいたのだろうか。

「由加利」

耳元で大きな声で呼ばれ、びっくりして見ると、綾子だった。

「何よ」

「さっきから呼んでるのに、気づかないんだもん。どうしたの、ぼうっとして。大丈夫？」

わたしは自分のデスクで、桔平の鉄道利用履歴を眺めていた。海原に報告するため、スマートフォンのカメラで撮影し、メールで送ったところだったのだ。

「ごめん、ちょっと考えごとをしてた」

言いながら、さっと鉄道利用履歴の紙をバッグの中にしまう。

「もう二時よ。ランチまだでしょ。一緒に行かない？」

綾子は今日も、薄いグレーのパンツスーツをぴしっと着こなしている。一方わたしは、洗濯しっぱなしでアイロンを当てていない、しわだらけのコットンシャツ姿だった。桔平が入院してから、だらしなくなっている。

「いい。あんまり食欲ないから」

「そんな感じに見えたから、誘ったの」

「綾子、わたし、やつれて見える？」

「うん、見えるよ」

「正直だね。ねえ、このあと、新宿を回ってきてもいいかな？」

「どうしたの」

「市場調査」

ふうん、と言って綾子は眉を上げた。

「いいわよ。そのまま直帰する？」

「わからない。連絡入れる」

「それじゃあ、肉でも食べますか」

「OK。で、ランチは？」

「そうこなくちゃ」

　連れ立って近くのステーキハウスへ行くと、混雑時を過ぎたレストランには、他に一組の客しかいなかった。見知った顔もおらず、気持ちがゆるむ。

　わたしたちは二人とも、和牛サーロインのランチセットを頼んだ。些末《さまつ》な仕事の話をしながら、前菜のサラダをつついていると、間もなく、ステーキが運ばれてきた。鉄板を勢いよく鳴らす肉汁の音と、香ばしい匂いに、久しく感じることのなかった空腹感が襲ってきた。

「ちゃんとしたものを食べるの、久し振りかも」

　わたしが言うと、綾子は哀れみの表情を作る。

「どうなの、小出さんの容態は」

「変わらない」

　反発するように、明るく返した。

「そう。もう二週間以上経つんだよね」

「うん」

「まだ、看病を続けるの？」

「うん」

「えらいな、由加利」

背中がひやっとする。実際のところ、この二週間で病院に行ったのは、たった三回だった。

「偉くなんかないよ。普通のこと」

「だって」

「わたしたちが、結婚してないから？　関係ないよ。結婚五年の夫婦と、わたしたちは同じ」

「そう」

「結婚五年の夫婦と同じだけ、わたしたちも二人の時間を過ごしているんだもの」

「そうよね」

「毎日思い出してるの、彼と過ごした時間のこと。すごく幸せだった。この五年がなかったら、わたし、優しさとか、寂しさとか、いたわりとか、痛みとか、何も知らずに外見だけ大人になって、今よりずっとつまらない人間になっていたと思う。だから、彼に感謝してるの」

言ったそばから、言葉がバチバチと小さな爆発を起こしているような気がした。嘘ではないが、本心でもない。

綾子は一瞬眉根を寄せたのをすぐに消し、まぶしそうな顔をした。

「羨《うらや》ましいよ、そういう相手に巡り合えた、由加利のこと」

「よく言うわよ。幸せな結婚生活を送ってるくせに。それとも、何かあった?」

綾子は、わたしと桔平の出会いよりもあとに、今の夫と出会い、二年半の交際を経て結婚をした。子供がなかなかできないことが悩みだが、傍目《はため》には仲の良い夫婦だった。

「うん、ちょっとね」

「どうしたの」

「うちの夫、女がいるみたいなの」

ぷいっと、横を向いて言う。

「嘘でしょ、あのまじめな旦那さんが」

「するような顔に見えないよね」

「本当なの？」

「本当」

「自分で白状したの？」

「まさか。わたしが勘づいたの。まだ知らん振りしてるから、彼はそのことに気づいてもいない」

「綾子の勘違いじゃない？」

「そのくらいわかるよ、ばればれなんだもん。ちょっとは隠せっていうの」

「どうする気なの、綾子」

「わからない。気づかないようにやってくれればいいのにさ。それって、最低限のマナーじゃない？」

綾子はそう言って、フォークで肉をぶすぶすと刺した。

「気づかなければ、いいの？」

「そりゃそうでしょ。気づかずに知らないままでいれば、傷つかないもの」

「でも、嘘つかれたり、隠されたりするのは、嫌じゃない？」

「そんなことないよ。隠すってことは、うしろめたいってことだし、わたしを傷つけないように、配慮してるってことでもあるでしょう」

「そうかな……」

「なに、由加利、小出さんに浮気されたことあるの？」

「まさか。あの人こそ、そんなこと、天地がひっくり返ってもできない」

「わからないわよ、うちのがやるんだもん。お見舞いに、見知らぬ女とか来てない？」

「携帯電話ひとつ鳴らない」

「そっか。それはそれで、寂しいわね」

寂しい。そうだ、桔平は、とても寂しい人だった。ずっと、そう思いながら一緒に暮らしてきた。楽しいこと、にぎやかなこと、派手なことが好きなわたしの、ともすれば暴走しがちなところを、軋轢《あつれき》を起こすことなく、クッションのように受け止めてくれたのは、彼のあの、寂しさだったと思う。あれだけは、嘘ではなかった気がする。

綾子とレストランを出て、すぐに別れた。地下鉄銀座線に乗り、丸ノ内線に乗り換えて、新宿へ向かう。営業部時代、通い慣れた道順だった。

四ツ谷駅で電車が地上に出ると、ホームの向こうに見える桜が、ちらほら咲き始めているのが見えた。来週には、満開になるだろう。毎年、浮き立つような気分になるその景色も、今はわたしを切なくさせるばかりだった。

＊6

地下街から、紀伊國屋書店本店近くの出口を通って表に出ると、春のやわらかい午後の陽射しが降り注いだ。

横浜に通っていると思っていた桔平が、少なくとも五年の間、毎日九時間以上を過ごしていた新宿の街。いったいどこで、何をしていたのだろう。考え始めると、彼の侘《わび》しいアルバイト姿が頭に浮かんで気が滅入ってくる。それを振り払うように、とにかく歩き始めた。

新宿通りを東へ、足が自然に向かうのは、かつて毎日のように通った道順を、まだ体が覚えているからだろう。伊勢丹の角を左に折れ、靖国通りに出ると、Uターンする形で西新宿を目指す。昼間でもいかがわしさをただよわせている歌舞伎町を過ぎ、頭上をJRの電車が行き交う大ガードをくぐる。昼間から酒を出す小さな店が集まった飲み屋街を過ぎたところで、直進しようか左折しようか迷って立ち止まる。

とたんに、背後から人がぶつかってくる。それでも立っていると、二人目は、ぶつかったあとに舌打ちをしていった。この速さの波に乗れなければ、居づらい街なのだ。前からも横からもとめどなく流れてくる、性別も年齢も人種もさまざまな人たちは、皆一様に、くたびれた顔の中にそこだけ爛々《らんらん》と目を光らせ、肩をそびやかして泳いでいる。おそらくわたしもいつもは、あんな顔をしているだろう。

その中で、ぽつりぽつりと存在するのが、灰色の印象しかこちらに与えない人たちだ。片隅でじっとうずくまるか、緩慢な動きで少しずつ移動している彼らの、灰色の皮膚には水気がなく、唇はひび割れ、目は乾いて色褪《あ》せている。

桔平は、灰色の人たちの側により近い人だったと、今にして思う。彼の目に熱いものが漲《みなぎ》るのを、見たことがないのだ。代わりにそこにあったのは、灰色の人たちが持つのと同じ、空虚だった。

立ち止まったまま、目の前の風景の中に、色白でひょろっとした桔平の姿を置いてみた。激流に落ちた小枝のように、それはたちまち飲み込まれていってしまう。そうして消えていく彼の姿は、出会った日に見送った、頼りなげな背中を思い出させた。

東日本大震災が起きたとき、わたしは社用の帰りで、銀座線のシートに座っていた。まだ部署の下っぱで、慣れない仕事に四苦八苦していた頃だったから、ひと仕事終えてほっとし、のんきに居眠りをしていた。虎ノ門駅に着いたところで電車が止まったとき、警報が鳴っていたのにそれにも気づかず、車内に避難を促す放送が流れて、はじめて目が覚めたのだった。

何が起きたのかよくわからぬまま、車両から降りた。ホームには、一斉に降車した人たちがあふれていた。その人いきれに、耳鳴りが始まった。まずいと思った。高校生の頃から、人混みや窮屈な場所で時々起こす、パニック障害の発作だった。

耳鳴りのあとは、鼓動が早まって息苦しくなり、やがて貧血のように気が遠くなってくる。そうなる前に、人混みや狭い場所から逃れれば治まるはずなので、わたしはすぐに、人の列から脇へ外れた。しかし動悸は激しくなるばかりで、とうとう過換気症候群の発作が現れ始めてしまった。大学受験の頃や、会社に入ったばかりの頃、数度起こしたことのある症状だった。焦《あせ》れば焦るほど、苦しくなった。もうだめだと、気が遠のきかけたとき、

「大丈夫ですか」

背中に手を触れながら、声をかけてくれた人がいた。騒然としている周囲とは対照的に、やけに落ち着いた、もの静かな口調だった。かがんだままうなずくと、彼は医者だと名乗った。それだけで、遠のきかけていた意識が戻った。しかし過換気の発作は続いていたので、相手の顔を見ることはできなかった。

彼はわたしを床に座らせ、症状を抑える呼吸法を指導してくれた。

「吸って、吐いて、吐いて、もう少し吐いて。吸って、吐いて、吐いて、もうひと息吐いて……」

苦しかったが、すがるように彼の声に合わせて呼吸した。背中をさすってくれる手のひらから、トレンチコートを通して温《ぬく》もりが染みてきた。大丈夫、彼の言うとおりにすれば、きっと楽になる。そう思えてくる温もりだった。

どのくらいそうしていただろうか、発作が治まった頃には、乗客はすべて避難を終え、ホームには駅員以外、わたしたちしか残っていなかった。

「楽になりましたか？」

問いかけられ、わたしはやっと、恩人の姿を目に捉えた。

目尻が少し下がった優しい眼差《まなざ》しが、わたしを見守ってくれていた。くせっ毛の黒髪、色白の頰《ほお》、わたしの視線に照れるように、ふっとゆるんだ薄い唇。手のひらの頼もしい感触からは想像できなかった、細身の体。

わたしはもうあのとき、桔平に恋をしていたのだと思う。

別れ際、ハイヒールの足で歩いて帰ると言ったわたしに、彼は履いていたスニーカーを脱いで、渡してくれた。

「これを履いていって」

驚いたわたしが返そうとしても、受け取らず「家に着いたら捨てて」と言って、去って行こうとした。

わたしはその瞬間、彼もわたしに恋をしたのだと勘違いしてしまった。だから勇んで名刺を渡したのに、彼の反応は鈍く、「コイデ」と名乗っただけで連絡先を教えてもくれなかった。それどころか、地下で見せてくれた優しさが嘘だったかのように、そっけなく背中を向け、一度もこちらを振り返ることなく、人混みにまぎれて行ってしまったのだ。

どことなく、影の薄い人だなと思った。

彼の背中を見失うと、わたしはハイヒールを脱ぎ、渡された白いスニーカーを履いた。まだ、彼の温もりが残っていた。

そうこうする間も、揺れはまだ断続的に続いていた。渋滞の始まった車道や、不安げな顔でぞろぞろと歩くたくさんの歩行者たちを見て、ただごとでないことはすぐにわかった。携帯電話から会社に電話を入れようとしても、つながらなかった。辛うじてつながったインターネットで地図を調べると、そこから会社までと自宅までは、同じくらいの距離だった。しかし、隣人の顔も知らぬマンションに帰るより、会社のほうがより安全なように思え、わたしは上司と綾子宛に、徒歩で帰社するとメールを送った。それから妹と父の携帯電話へ、会社に避難するとメールを打った。五分待っても誰からも返信はなかったが、充電池の残量を惜しんで携帯電話の電源を切り、ぶかぶかのスニーカーで出発した。

道路標識を確認し、時おり通りの人たちに訊ねつつ、黙々と歩いた。スマートフォンなどでニュースを見ている人を見つけると、声をかけて情報を得た。そこで見た津波の映像に、足が震えた。小さな子どもを抱いて歌を歌いながら歩く、わたしと変わらぬ年頃の女性を見て、涙が出てきた。

最初に見つけたコンビニで、水とのど飴を買った。携帯電話のバッテリーを確保したかったが、棚はすでに空だった。水があっただけでも幸運だったかもしれない。心細い道中、わたしをはげましてくれたのは、彼のスニーカーだった。見ず知らずのわたしのために、靴下一枚で帰っていった人の親切が、わたしを奮い立たせてくれたのだ。

有楽町あたりで、休憩を取るために歩道の植え込みの柵に腰掛けた。水を飲み、人心地がつくと、バッグから手帳と名刺入れを出し、今日交換した名刺を三枚取り出した。緊迫した状況だからこそ、いつもと同じルーティンをこなしたくなったのだ。

手帳からボールペンを抜き、それぞれの名刺の裏に、相手の似顔絵を描く。その脇に、彼らの特徴や、話した内容で気に留まったことを書く。これは就職したばかりの頃、なかなか覚えられない取引先やクライアントの顔と名を覚えるため、自分で考案したやり方だった。

最後の一枚を書き終えたとき、ふと思い立って、わたしはスニーカーを脱いだ。まず左側を手に取り、甲の部分に大きく『コイデさん／医師／虎ノ門駅』と書いた。彼がわたしに教えてくれた、彼の情報のすべてだった。次に右側を取り、同じ場所に、今度は彼の似顔絵を描いた。くせっ毛、タレ目、すっと筋の通った鼻、薄い唇。

会社にたどり着いたときには、すっかり日は暮れ、退社時間をとうに回っていた。営業部の部屋の中は、一部のファイル棚から中身が落下したくらいで、大きな被害はなかった。残っていた社員たちは皆、パソコンでニュースを見ていた。

「由加利！」

自分の席で携帯電話をいじっていた綾子が、わたしに気づいて飛び上がるように椅子から立ち、駆け寄って抱きついてきた。

「綾子、わたしメールしたんだけど、届いた？」

「メールなんか、どこの会社もサーバーがパンクして、届きゃしないわよ。電話もなかなか通じないし。もうこのビルったら古いから、怖かったのよう。由加利はどこにいたの」

「地下鉄。虎ノ門で降ろされて、そこから歩いてきた」

「よく無事で帰ってきたね。……やだ、何その靴」

綾子が、泣きべそ顔からころっと表情を変えた。

「駅で気分が悪くなっちゃって、助けてくれた人がいたの。お医者さま」

わたしは、似顔絵の片足を少し浮かして揺らし、靴がゆるいことを示した。

「ええっ、それで靴を貸してくれたの？　医者？　ちょっと、どんな人なの？　独身？」

部屋中に響いた綾子の声に、何人かがこちらを向いた。パソコンのディスプレイに、被災地の様子が映っているのが見えた。

「ちょっと、こんなときにやめてよ、本当に大変だったんだから」

わたしが声をひそめて言うと、綾子も声のトーンを抑えた。

「だけど、靴は貸さないでしょう普通。つまり、脈ありってことじゃない。ねえ、どんな人だったの」

「んー、実は、素敵な人」

「うっそー、ずるいー。向こうからは、連絡先は？」

「名刺は渡した。これだけ」

わたしは先ほどよりも足を高く上げ、似顔絵に向かって笑いかけた。

すぐにでも来ると思った彼からの連絡は、しかし何日待っても来なかった。

「彼女か奥さんがいる人だったのよ、きっと」

綾子はそう言ってなぐさめてくれたが、わたしは簡単には忘れられなかった。

スニーカーは、晴れた日に洗ってみたが、本人が言っていたようにだいぶ履き古したものらしく、汚れや傷みが激しかった。洗って薄くなってしまったボールペン書きの上から、油性ペンで書き直しながら、妻や恋人がいたら、こんな靴を履いているはずがないと、自分に言い聞かせた。

家の近くの目黒川沿いに桜が咲き、それが散ってしまっても、わたしはことあるごとに「コイデさん」のことを思っていた。合コンに熱中していた綾子からは「せっかく誘ったのに、のりが悪い」と叱られたこともあった。恋人が欲しくてたまらなかったのに、どんな人と出会っても、彼のことが頭を離れなかったのだ。

だから、その年の十二月、年末商戦の一番忙しい山を越えた頃、渋谷の道玄坂で彼とすれ違ったときは、まるで漫画のように体を電流が走った。頭の中で彼の名を思い出すより先に、

「コイデさん！」

と口が叫んでいた。

ところが彼は、まるで気づかずに歩いて行ってしまった。わたしは追いかけながら、何度も彼の名を呼んだ。しかし、意地悪な街の騒音が、それをかき消してしまうのだ

った。

やっと振り返った桔平が、わたしの呼びかけに対して見せた、きょとんとした顔。あれを思い出すと、昨日海原が言った「小出桔平という名前さえ、本名かどうかわからない」という言葉が、頭に響き渡る。

虎ノ門駅で、別れ際に名前を訊いたとき、「コイデです」と答えた彼の目は、どこか泳いでいなかったか。はじめて電話をくれたときに発した「コイデです」という声に、ためらいはなかったか。いつもわたしにばかりしゃべらせていた彼の表情に、微笑み以外のものはなかったか。

考えるほどに桔平は、出会ったときからわたしを欺《あざむ》いていたとしか思えなかった。はじめてのデートのとき、胸を躍らせて訊ねた数々の質問に答えた、誠実そうな口調も、繊細な仕草も、はにかんだ笑顔も、全部わたしを欺いていたのだ。

「邪魔なんだよ」

脅すように言いながら、大柄なスーツの男が右肩に思い切りぶつかってきた。わたしはよろけ、履いていたパンプスのヒールを歩道の小さな割れ目に引っ掛けて、バランスを崩した。倒れる体を守ろうとして、両手と両膝をアスファルトに強く打ち、そこから周辺が痺れて、すぐに立てなかった。視界には、足早に行き交う人々の足が見えたが、助けてくれる人も、声をかけてくる人もいない。

痺れが治まって立ち上がっても、人々は私など目に入らぬかのように、速度を落とさず流れていく。人が倒れていても、酔っぱらいだと決めつけて、冷たい視線を投げることしかしない街だ。桔平は、救急車を呼んでもらえて幸運だった。

わたしは、桔平が倒れた場所を避けていた。ガード下を戻り、東側に出て少し歩けば、その場所はある。しかし、足がすくんで向かえない。わたしから逃げようとしていた彼の意思と、鉢合わせしそうで怖かった。

そのとき、鞄《かばん》の中でスマートフォンが震えた。海原からの電話だった。

「はい、川原です」

「やあやあ、海原です。早速電車の利用履歴を送っていただいて、ありがとうございます。これは実に、有益な情報ですよ」

「見ていただけましたか。彼、毎日新宿に通っていたんです。だからあの日、新宿からどこかに逃げようとしていたわけじゃないと思うんです。違いますか」

自分に言い聞かせるように、わたしは言った。

「そうかもしれませんね。昨日は失礼なことを言いまして、すいません」

「いいえ。実はわたし今、新宿に来ているんです」

「新宿に？」

「ええ。何かわかるかもしれないと思って」

「手掛かりはありましたか」

「何も。ここで彼が毎日、どんなふうに過ごしていたのか、想像すらできません」

「そうですか」

「わたし思うんですけど、彼は二重人格者で、ここではわたしが知らない、まったくの別人に変わっていたんじゃないでしょうか」

海原が、声をあげて笑った。

「面白いことを言いますね」

「本気で言っているんです。だって、人ってそんなにたやすく嘘をつけるものですか。それも、何年もの間」

海原は、ひと呼吸おいてから答えた。

「大切な人のためなら、できるんじゃないですかね」

「大切な人なら、だましたりしないでしょう」

「だましていたのではなく、隠していたのかもしれない」

「大切な人なら、どんなことだって、信頼して打ち明けるんじゃないですか」

「いや、そんなことはありません。誰だって、人を傷つけないために、小さな嘘をつくことがあるでしょう。それが大切な相手だったら、なおのことだ。傷つけるとわかっていることを打ち明けるのは、未熟な人間の甘えですよ」

それが本当だとしたら、わたしのために隠さなければならない桔平の素性とは、いったい何なのだ。

「じゃあ海原さんは、奥さんに、ついている嘘があるんですか」

「妻……まあ、別れた妻ですが、結婚している間には、ありましたよ」

「相手が大切だから、ついた嘘ですか」

「そうですね」

「そんな大切な人と、離婚したんですか」

「愛想を尽かされたんですよ、僕に甲斐性《かいしょう》がないから」

「甲斐性なんて、言い訳でしょう。愛想を尽かされたのは、嘘をついていたからじゃないですか」

再び、海原はひと呼吸おいた。

「きついことを、言いますね」

今度は、わたしが言葉を飲み込む番だった。

「……すみません、立ち入ったことを訊いてしまって」

「まあとにかく、あまり考え過ぎないことです。小出さんの乗車履歴をご覧なさい、毎日寄り道もせずに同じ時間に帰宅する、彼が会社員なら、二重丸の優等生だ。新宿ではおそらく、あなたに渡す生活費のために、こっそりアルバイトでもしていただけでしょう」

何でもわかっていると思っていた桔平が、一瞬にして蒸発したように消えてしまったあと、胸の中に空いた穴。それを埋めるためにわたしが掘り起こそうとしているものは、地雷なのだろうか。

「海原さんはもしかして、これ以上桔平のことを調べるべきではないと、考えていらっしゃるんですか」

「いやいや、とんでもない。人の秘密を探るのが、僕の商売ですから」

かっかと笑う海原の声が癪《しゃく》に障り、わたしは乱暴に電話を切った。

＊7

闇の中で目覚めると、深い海の底で生き返ってしまったような気持ちになる。体全体に感じる、重みと冷たさと閉塞感は、死の安らぎからよみがえってしまった後悔をすぐさま呼び覚まし、僕を苦しめるのだ。

やがて聞こえてくる、見知らぬ男たちの野太い鼾《いびき》と、それに重なる自分の呼吸音に我に返る。感じない足を伸ばし、感じない指先でざらつく壁に触れて、そこにいることに絶望する。体臭が染み込んだ布団を頭からかぶり、体を丸めて、芥子粒《けしつぶ》のように小さくなっていく自分を想う。

そうしてまた、何もかもが始まった、あの日を思い返す。

二〇一一年三月十一日金曜日午後二時四十六分。のちに東日本大震災と呼ばれることになる、大地震が起きた時間だ。

　そのとき僕は、地下鉄銀座線に乗っていた。行くあてはなく、ただ暖を取っていたのだ。椅子に座ってうとうとしていると、電車が虎ノ門駅で止まったところで、揺れを感じた。駅構内に緊急を知らせるブザーが鳴り、大きな地震が発生していると、放送が流れた。空気は緊迫していたが、乗客たちは整然としていた。車内は空いていて、立っているのは数人だった。ドアが開くと、避難を呼びかけるアナウンスに従い、皆ホームに出た。それぞれ、手にしたスマートフォンや携帯電話に目をやりながら、構内放送を聞き逃すまいと、耳を澄ましていた。

　そうして、誰もが緊張した面持《おもも》ちで、自分の安全の確保と、離れた家族の安否を気遣っているとき、僕はただ一人、ぼんやりとそこに佇《たたず》んでいた。今降りた電車の窓に映る、ぼさぼさの髪の自分を見て、少し笑ったかもしれない。

　地上への避難を呼びかけるアナウンスが流れると、人々が改札に向かって流れ始めた。僕も人波に押され、のろのろと進んだ。そのとき、少し前方で一人、脇へ外れてかがみ込むのが見えた。ベージュのトレンチコートを着た、若い女だった。胸をおさえ、激しい呼吸をしている。横顔を見ると顔色は悪くなっていないので、貧血ではなさそうだ。急激な緊張のために気分が悪くなったか、パニック障害だろうと思った。

気にして見ている人もいたが、声をかける人はいなかった。僕も黙って通り過ぎるつもりだった。もしパニック障害だったとしても、本人は辛いが、命に関わる病気ではない。時間が経てば症状はおさまり、おさまってしまえば、体はまったく正常に戻る。何度か発作を経験している大人なら、そういうこともわかっているだろう。実際彼女ははっきりと意識がありながら、周囲に助けを求める様子はなく、切迫した症状とは思えなかった。

ところが脇を通り過ぎる瞬間、彼女が顔をゆがませながら肩を大きく揺さぶるのを見て、僕の体は勝手に動いた。人波から抜け出てそばに寄り、背中を支えて地べたに座るよう促していた。

「大丈夫ですか」

声をかけたが、彼女はうつむいたままだった。

「医者です。心配ありませんから、ゆっくり息をしてください。僕に合わせて」

彼女はうなずいた。

「いいですか、吸って、吐いて、吐いて、もう少し吐いて。吸って、吐いて、吐いて、もうひと息吐いて……」

額に汗を滲ませて、僕の言葉に合わせて呼吸する。
三、四十分そうしていただろうか。発作が治まって落ち着くと、彼女は僕に何度も礼を言った。
「ありがとうございました。こんなときにお医者さまと巡り合わせるなんて、本当にラッキー。心強かったです」

こちらを見上げる頬は白く、濡れた後れ毛がいく筋か張りついていた。

「過換気症候群ですね。発作は、よく起きるんですか」

「いいえ、久し振りでした。最近寝不足が続いていたから、弱っていたんだと思います」

人がほとんどいなくなったホームに目をやりながら彼女は答え、脇に置かれた黒革のトートバッグを引き寄せた。重そうに膨らんで開いたその口からは、紙の束とノートパソコンが見えた。

「睡眠不足のストレスに、地震の不安も重なって、発症したんでしょう」

うなずいてから、彼女は眉根を寄せた。

「地震は、どうなんですか」

「わかりません。都内の電車は、全線止まっているみたいです」

「大きかったんだ。外に出たほうが、いいですよね。わたしのために、すみませんでした」

「いいえ、気にしないでください。立てますか」

「はい」

よろめきながら立ち上がった彼女の足元は、ハイヒールだった。

「危ないな」

「慣れてますから、大丈夫です」

「これから、どこまで行くの？」

「京橋にある、会社です。ここから三駅だから、タクシーで行きます」

地上に出ると、それが到底無理な話であることがわかった。歩道はたくさんの人たちで埋め尽くされ、車道にずらっと並んだ車は、渋滞のためほとんど動いていなかった。

「タクシーは、無理そうだね」

「そのようですね。電車が動き出すのを待ってはいられないので、歩いて行きます」

彼女は元気よく、腕を振る仕草をしてみせた。

そのとき自分が何を考えてそんなことをしたのか、よく覚えていない。僕は、自分のスニーカーを脱いでいた。

「だったら、これを履いていって。歩きにくいだろうけど、ハイヒールよりはましでしょう」

「とんでもない。危ないですから、履いてください」

「大丈夫。僕の家、すぐそこだから。そんな足元で歩くほうが、よっぽど危ないよ。この靴、もうボロだから、家に着いたら捨てて」

何か言おうとする彼女に、僕はスニーカーを押しつけて、背を向けた。

「待ってください。お名前、教えてください」

聞こえない振りをすればよかったのに、どうしてだか、僕は足を止めた。振り返ると、彼女は僕のスニーカーを胸に抱き、泣きそうな顔で立っていた。僕はとっさに、彼女の肩越しに見えたビルの看板を読んだ。

「コイデ。コイデです」

「コイデさん、ありがとうございました。本当に、助かりました」

深々と頭を下げたあと、彼女は肩に掛けていたバッグを探り、名刺を一枚差し出した。僕はそれを受け取り、見もせずに着ていたダウンコートのポケットへ入れて、再び彼女に背を向けた。

最初の角を曲がってすぐに、名刺は千切って道端に捨てた。そのときにはもう、コイデという名も忘れていた。

僕は靴下だけで、冷たいアスファルトの上をしばらく歩いたが、二十分ほどして立ち止まった。歩道からあふれた人たちが、車道を歩き始めていた。彼らが懸命に目指している場所を、自分は持っていないことを思い出したのだ。

通りがかりのコンビニで、わずかに残っていた水とチョコレートを買ったついでに、ダンボールを一枚ゆずってもらい、シャッターを閉めた商店の軒下に敷いて座った。余震の不気味な揺れを感じながら、夕暮れの頼りない光の中、ゾンビのようにぞろぞろと行く人たちの足を眺めていると、突然、あの日以来感じることがなかった、心地よい眠気が襲ってきた。

僕は膝を抱え、そこに額を載せた。そうして、まるで地面の底に引きずり込まれるように、眠りに落ちた。

その年の年末、夜の渋谷の雑踏の中で、ふいに背を叩かれた。驚いて振り向くと、若い女性が息を切らせて微笑みながら「コイデさん」と呼びかけてくる。先程から、何度も背後から聞こえていた名だった。

僕はいったい、どんな顔をしていたのだろう。街路のクリスマス飾りの照明を受けて、頰に赤や青の光を躍らせている彼女の笑顔が、みるみる曇った。

「コイデさんですよね？　お医者さまの。覚えていませんか？　わたし、震災のときに地下鉄で助けていただいた、川原です。……あの、虎ノ門駅で」

たちまち記憶がよみがえった。九か月前に比べて、彼女は髪をまとめ、化粧もしっかりと施されて、ずっと大人っぽく、洗練されて見えた。それに引きかえ僕は、あのときよりもさらにみすぼらしかった。とても医者になど、見えなかったはずだ。なのに彼女は、人混みの中で僕を見つけた。

いいえ、となぜ答えなかったのだろう。なぜ、無視して去らなかったのだろう。

はい、と返事をしてしまってから、僕の頭の中にはそんな思いがぐるぐると巡り、彼女の次の言葉を思い出せない。

「じゃあ、これ。今度はなくさないでくださいね」

　彼女が差し出してきた名刺には、誰もがよく知っている、食品メーカーの名があった。ぼんやりとそれを読んでいると、

「電話でもメールでも大丈夫ですから、ご都合のいいときに連絡ください。待ってますから、お礼をさせてください。絶対ですよ」

　地下鉄の駅で、小鳥のように震えていた彼女とは、まるで別人だった。自信に満ちあふれ、たくましく、頼もしかった。そのとき心もとなく震えていたのは、僕のほうだ。

　スキップでも始めそうに、楽しげに跳ねながら去っていく彼女の背を、息を詰めて見送った。それはあっという間に人波に飲まれ、かき消えてしまった。

　僕はしばらくの間、そこに立ち尽くしていた。縦横に行き交う人たちが、人と思えなくなるほどたくさんいるこの街で、自分も何者でもなくなって、誰からも忘れられ、消えてなくなりたい。そう願い続けていた。その気持ちが、激しく揺さぶられていた。

　部屋に戻り、彼女の名刺を握りつぶしてごみ箱に放り込もうとして、できなかった。

広げてしわを伸ばしていると、何度か死に損なったときの記憶がよみがえり、唇を噛んだ。

敷きっぱなしの寝床に寝転がり、枕の下に名刺を入れた。ただそれだけで、火の気のない冷え切った部屋に、温もりが生まれた気がした。とたんに、ついさっき別れたばかりの彼女が、無性に懐かしくなった。いや、ただ人が、懐かしかったのかもしれない。僕の安心、希望、そして拠《よ》り所。二度と欲しがってはいけないものが、懐かしくてたまらなかった。

寝返りを打ち、汗臭い枕に顔を押しつけると、胸の奥から、憎い人の拳のような、嫌な塊がせり上がってきて、僕の喉をふさいだ。吐き出そうとした瞬間、思いがけなく涙があふれ出た。止めたくても、止まらなかった。東京に来て以来、はじめて泣いていた。

唇の端に流れ込んできた涙の味は、僕に瀬戸内の海を思い出させた。

僕の住《す》み処《か》は、新宿の片隅にある、簡易宿泊所だった。西陽が入る小さな窓がついた三畳間に、薄い布団がひと組と小さな冷蔵庫とテレビ、設《しつら》えられたものはそれだけだ。ドヤ街などにもよくあるこうした施設なら、身分証明書がなくても長期滞在でき、不審に思われない。

広島を出たあと、ここにたどり着くまでに、神戸と名古屋で数か月、あてもなく過ごした。神戸を出たのは、何度か時間つぶしに利用したコーヒーショップで、店員に顔を覚えられてしまったせいだった。名古屋を出たのは、往来で職務質問をされたからだ。

東京は、よほど目立たぬ限り、誰にも関心を払われずに放っておかれる、僕にはうってつけの街だった。老若男女、肌の色も言葉もさまざまな人たちは、皆自分のことに精一杯で、誰も他人のことなど気に留めない。名前も仕事も出身地も、ここにいる理由も、誰からも問われない、求められない。

ここへ来てから、僕は幽霊にでもなったような気がしていた。それならいっそ、死んでしまえばいい。何度もそう自問した。試したこともあったが、死ねなかった。死が怖かったのではない。苦しみから解放されてしまうことが、怖かったのだ。僕の罪は、もっと苦しまなければ贖《あがな》われない。だから、死ねなかった。

広島から持ってきていた現金を、持ち物のすべてを入れたナイロン製のボストンバッグの中から、一枚、二枚と抜いていく度、残りの時間を思った。これがゼロになるときまで、陽の当たらぬ穴蔵を虫けらのように生きて、何もかもを失ったら、そのときにやっと自分を許し、死ぬつもりだった。

渋谷で由加利と再会してから、新しい苦しみが加わった。捨てられない名刺と、覚えてしまった名前と電話番号、気がつけば頭に浮かぶ、彼女のはじけるような笑顔と声、そして甘い香り。断ち切った世界からの、誘惑だった。そこから逃げ続けてきたはずの僕が、まだこれほどに渇望していたということが、恥ずかしくてたまらなかった。

なぜ、あのとき彼女を助けたのだろう。医師としての矜持《きょうじ》など、とうに失《な》くしていたはずなのに。きっと僕の中にある、いやしい衝動がそうさせたのだ。誘惑などというのも言い逃れだ。人恋しさに自ら誘ったのだ。

どう自分を罵《ののし》ろうとも、彼女のまばゆい記憶は、何時間も僕を眠らせなかった。

そうして枕の下の温もりを感じながら、僕はいくつもの夜を乗り越えた。涙を舐《な》める度に、懐かしさと人恋しさに身悶《みもだ》えた。泣き疲れて眠ると、決まってあの夢を見た。

夜、月明かりも届かぬ寂しい森の中を、心細い気持ちで歩いていると、前方にぽつんと、小さな灯《あか》りが見える。家だ、と思う。そちらへ向かって急ごうとするが、足は蛇のようにうねりながら四方に伸びる木の根に取られ、腰から胸は灌木《かんぼく》の鞭《むち》のような枝にまとわりつかれて、なかなか前に進まない。

僕は焦る。しかし家が近づいてくるにつれ、次第に先に進むのが億劫《おっくう》になってくる。そうなると、家で誰かが自分を待っているような気がしてくる。ますます、そちらに向かう足が重くなる。

そしてとうとう、家の戸口にたどり着く。それは思っていたよりずっと大きな、灰色のコンクリートでできたビルで、壁に触れると氷のように冷たい。ドアは黒い鉄で、その横に、僕を森から誘ってきた灯りが漏れる窓がある。

僕は窓に近づく。薄いレースのカーテン越しに、橙色《だいだいいろ》の灯りに照らされた部屋が見える。白いテーブルに、木の椅子。床にはカラフルな積み木が散らばっている。絵本もある。よく知っている表紙だ。内容を空で言えるほど、何度も読んだ本だ。テーブルには、大きな土鍋が置いてある。ふたがしてあるが、中には鶏肉がたっぷり入った水炊きが出来上がっているのを知っている。しかしそれは、もうすっかり冷めているのだ。僕の帰りを待って、待って、待って、冷めてしまったのだ。他に三つの取り皿、大、中、小の、三つの茶碗と三膳の箸も見える。

僕は窓からそっと離れる。入らなければならないとわかっているのに、どうしてもできない。そうして、息を殺して、あの暗く寂しい森の中に戻っていく。

そのとき背後で、鉄の扉が開く音がする。気づかれた、と僕は思う。そして逃げる。暗い森の中を、足を取られ先を阻まれながら逃げる。追ってくる足音はないが、追われていると感じる。捕まったら、とてつもなく悲しい思いをするのだとわかっている。だから逃げる。必死で逃げる。

背中に、冷たい指先が触れるのを感じる。捕まるのだ。あの、二度と見たくない光景を見せられるのだ。そう思う。そして、獣のような叫び声をあげる。

昼近くに目覚め、共同洗面所で顔を洗って支度をすると、僕はボストンバッグを抱えて宿を出た。中には現金とノートパソコンが入っている。地下街に入り、出掛けるときにはいつもそうするように、バッグはコインロッカーに預ける。簡易宿泊所の部屋にも鍵はかかるが、とても安全とは言えないからだ。

身軽になると、あてもなく歩き出す。腹が減ると、コンビニエンスストアかハンバーガーショップ、牛丼屋に立ち寄ることもあった。味など感じないので、腹が満ちればいい。そのあとは、晴れていればどこかのベンチで、雨ならば地下か電車の中で、ぼんやりと時間を過ごす。

年越しを二日後に控え、地下街は買い物客で賑わっていた。家族連れも多い。小さな子供もいる。かつて持っていた、ささやかだけれど堅牢《けんろう》に思えた幸福の断片が頭をよぎり、僕をさいなむ。

「連絡ください。絶対ですよ」

由加利の声を頭に思い返したとき、三歳くらいの子供が、全力で走って僕を追い越していった。

「止まって！」

女の悲鳴が聞こえたときには、僕は子供に追いついて抱き上げていた。右前方から、いくつものダンボールを載せてこちらに向かってきていた台車が、脇をすれすれに走り抜けていく。台車を押している男は、視界をダンボールにさえぎられ、向こう側から顔を半分出すようにして前方を見ていて、何が起きたのかさえ、気づいていないようだった。

子供がわっと泣いたので下ろすと、追いついた母親が「馬鹿！」と言って子供の肩を揺すり、泣き声はますます大きくなった。

「すいません。ありがとうございました」

頭を下げた彼女は、大きなお腹をしていた。

いいえ、と首を振って泣いている子供に目をやったとき、はっとした。僕は、笑っていたのだ。戸惑ってうつむいてみても、気をゆるめたら声をあげてしまいそうなほど、腹の底から温かなものがこみあげてきて、あふれて止まらないのだった。

手をつないで去っていく母子を見送ってから、再び歩きだしてしばらくすると、行く手に公衆電話が並んでいるのが見えた。僕は、まるで何かに引っ張られるように、そこへ向かった。

三台並んだ緑色の電話は、すべて空いていた。一番左の電話の受話器を取り、尻ポケットから折り財布を出した。札入れには、千円札が一枚、小銭入れには百円玉が二個と十円玉が三個、一円玉が一個あった。十円玉と百円玉をひとつずつつかみ出し、財布電話台に載せると、綿くずがからまっていた。僕はすべての小銭を片手に出し、財布を振って中のごみを落とした。着ていた黒のダウンコートの袖口の汚れがにわかに気になり、腹のあたりにこすりつけた。襟をつまんで鼻先にもっていくと、垢なのか汗なのか、不快な匂いが染みついている気がした。指の爪は伸びて黒く汚れている。履いている黒いズックは内側が擦り切れて薄汚い。

襟を立て、顔を半分隠してから、受話器を取った。台の上の十円玉を、硬貨投入口へ入れる。空で覚えていた番号を押すと、呼び出し音が鳴り始める。胸が激しく鼓動し始めて、苦しい。数回鳴ったあと、留守番電話に切り替わった音を聞くと、反射的に受話器を戻してしまった。

そのあと山手線の外回りに乗り、いつもなら拾った雑誌を読みながら三、四周して半日つぶすところを、半周で東京駅で降りた。エスカレーターでコンコースに下りると、公衆電話を探して走った。見つけると飛びつき、同じ番号を押した。また、留守番電話に切り替わった。

三回目は、夜七時過ぎ、新宿に戻って、はじめに掛けた公衆電話からだった。間延びしたような呼び出し音が二度鳴ったあと、

「はい」

警戒を隠さない不機嫌そうな声が、僕の耳に飛び込んできた。

「コイデです……」

と言ったきりあとが続かず、何を言おうか迷っていると、

「コイデさん、ごめんなさい、公衆電話からだったので、不審に思って、変な声で出てしまって」

早口で、彼女は言った。

「いいえ、こちらこそすみません。ちょっと今、携帯電話が壊れてしまっていて」

すらすらと、嘘が口をついて出た。

「そうだったんですか。一週間過ぎても電話をいただけなかったので、ふられちゃったなあって、あきらめていました」

「えっ、ふられちゃった？」

彼女はけらけらと笑って続けた。

「それで、いつにしますか？」

「いつって？」

「デートですよ」

「えっ」

「約束したじゃないですか、お礼をさせてくださるって」

「ああ。でもデートって……」

彼女はさらに笑った。

「わたし、相手が誰でも、男性と二人きりで会うことを、デートって呼んでるんです。そのほうが、楽しいじゃないですか」

「ああ、そういうことか」

つられて僕も笑った。今度は声をあげていた。そんなふうに感情を出すのは、いつ以来のことだったろう。

「一月八日の日曜日はいかがですか」

「ええ、いいですよ」

考える間もなく、そう返事をしていた。

「最近、恵比寿にいいお店を見つけたんですけど、どうですか」

「ええ、どこでもかまいません」

「よかった。じゃあ、夕方六時に予約を入れていいですか」

「そうしたら、待ち合わせは、恵比寿駅の西口改札に、五時四十五分で」

「はい」

「わかりました」

「やった。それじゃ、楽しみにしてますね」

てきぱきとした口調に乗せられたような形で、とにかく僕は彼女と会う約束をした。一度だけだと、そう自分に言い聞かせながら。

大晦日の夜、宿の部屋でテレビを見ていると、

「年越し蕎麦をお配りします。ご希望の方はロビーまでお越しください。なくなり次第終了します」

と館内放送が流れた。すぐにいくつかのドアが開閉される音が聞こえる。僕は三十分ほどしてから、部屋を出た。

フロントの小さなカウンターの前に、丸椅子が三つとローテーブルが置いてあるだけのロビーには、誰もいなかった。漫画や文庫本が入った書棚の上のテレビも、消えていた。カウンターの前面に「ご宿泊のお客様に、年越し蕎麦を無料サービス！　ベルで呼んでください」と張り紙があった。管理人夫婦の住居になっている奥の方から、

微《かす》かにテレビの音がした。

カウンターの上に置かれたベルを鳴らすと、扉が開いて白髪の夫人が顔を半分出し、「お蕎麦?」と言う。うなずくと、奥へ引っ込んでほどなく、盆に大振りの紙コップと割箸を載せて戻ってきた。渡された紙コップの中には、熱々の汁に太めの蕎麦がたっぷり浸《つ》かり、刻み葱《ねぎ》がひとつまみ載っていた。

「ありがとうございます。ここで食べてもかまいませんか」

夫人に言うと僕を見て、あら、という顔をした。こちらから話しかけたのがはじめてだからだろうと思っていると、

「お髭、剃《そ》ったのね。そっちのほうがいいわよ。どうぞ、そこで食べて。お茶を持ってくるから」

微笑みながら言い、リモコンを取ってテレビをつけてくれた。

紅白歌合戦は、九か月前に起きた震災の被災者が暮らす仮設住宅を映しながら、アイドル歌手の下手くそな歌が始まっていた。両手で紙コップを持って汁をすすると、鰹だしのきいた濃い醤油味が、口中に染み渡って体を温めた。

年が明けてすぐ、僕は初売りで賑わう街に出て、白いボタンダウンのシャツと紺色のカーディガン、カーキ色のスラックス、そして茶色の革靴を買った。どれも安物ではあったが、なるべく質の良いものを選んだ。帰りがけ、小さなブティックでバーゲン品の黒いピーコートを見つけ、予定外だったがそれも購入した。切らしていた洗濯洗剤を買うために寄ったドラッグストアに、男性用化粧品のコーナーがあり、そこにあったコロンを買おうかどうか迷ってやめた。そのあと理髪店に行き、髪を整えた。

そしてその晩、僕は自分に『桔平』という名をつけた。広島の家の庭に、夏になると咲いていた桔梗《ききょう》の花から取った。そして、とうに有効期限が切れた健康保険証から、カラーコピーとパソコンを使って、小出桔平の保険証を作った。

翌日、それを使ってプリペイド式の携帯電話を契約した。その足で、無線ＬＡＮが無料でつながる喫茶店へ行き、メールアカウントの取得や様々な設定をしたあと、アドレス帳に彼女の名とメールアドレス、電話番号を入れた。パスコードは、彼女との約束の日付に設定した。

そうした作業をしている間、僕は物語を作っていた。東京へ来たのは、大学進学のとき。在学中に母親が癌で、卒業して研修医になったばかりの年に、父親が心筋梗塞で亡くなった。兄弟はなく、親戚とも疎遠で、天涯孤独の身だ。職業は、他に経験がないので大学病院に勤務する医師にするしかない。ただし臨床医ではなく、あまり表に出ない研究医ということにする。これといった趣味はなく、得意なものもなく、子供の頃から人見知りが激しいので、親しい友達もいない。まったく、魅力のない男だった。

現住所や出身地、勤務先は、彼女の経歴や生活範囲を知ってから、なるべく彼女に縁の薄い場所を選ぶため、いくつかの候補をつくっておいた。

たった一度人と会うためだけに、こんなことまで準備するなど、自分でも滑稽《こっけい》だと思った。しかし、楽しかったのだ。これまで、もぐらのように陽の当たるところを避け、背を丸め顔を覆って息をひそめていた僕が、小出桔平という面をかぶることで、一瞬だけでもうしろめたさを忘れ、人と触れ合いたいという気持ちになった、それが嬉しかった。

『念のため、電話番号とメールアドレスをお伝えしておきます。』

設定し終えた携帯電話から、彼女にメールを送ると、すぐに『ありがとうございます。』という返信がきた。彼女の実際の印象とは違う、かわいい絵文字がちりばめられていた。

約束の当日、新しい服を身に着け、髪には整髪料もつけた僕は、小出桔平になっていた。だから出掛けにロビーを通ったとき、ふいに、

「あら佐藤さん、お出かけ？」

と、宿で使っている偽名で呼ばれると、一瞬にして気持ちがしぼんだ。浮足立っていた自分が、恥ずかしくなった。

「ええ、ちょっと」

返事をしながら、急いで玄関ドアを開けた。背中から「行ってらっしゃい」と、管理人夫人の屈託ない声が追いかけてきた。

恵比寿駅の西口改札前に、約束の五分前に着くと、由加利はすでにそこにいた。藍《あい》色《いろ》のウールのロングコートに、茶色いブーツ、グレーのベレー帽と手袋という出で立ちは、これまで二度会ったときに彼女がまとっていた、いかにも大企業のキャリアウーマンといった感じの、かちっとしたスーツ姿がかもし出す雰囲気とは、まるで違っていた。

彼女は僕を見透かすように、

「こういう格好もするんですよ、デートのときには」

と言って、小さく舌を出した。

「デート、か」

ひとり言のように僕が言うと、彼女は嬉しそうに、「そう、デート」と笑った。

突然、なんとも言えぬ重苦しさが、僕の中で足を踏み鳴らすように暴れた。すぐさま彼女に謝って、帰ってしまいたくなった。携帯電話も新しい服も靴も、すべて今すぐごみ箱に捨てたくなった。

しかし、そんなことには気づかない彼女は、

「冗談ですよ。今日はあくまでも、助けていただいたお礼です。心配しないでください」

そう言って、左手でそっと僕の腕に触れてから、右手で行く先を示した。僕は唇を嚙んで、彼女に促されるまま歩いた。喧騒の中で、ほとんど会話はしなかった。

十分ほど歩いて、繁華街を少し外れたところで、藍染の暖簾《のれん》を下げた店の前に着いた。大きな看板はなく、引き戸の入り口前に置かれた盛り塩の脇に、店名が書かれた

行灯《あんどん》が置かれていた。

中に入るとすぐ、十五、六人が掛けられそうな白木のカウンターが奥に向かって伸び、その背後には、襖《ふすま》の閉まった小上がりがあった。案内されたカウンターの隅に僕らが座ると、もう満席になったが、カウンターテーブルが広々としていたのと、中に入って働く三人の料理人の、静謐《せいひつ》な佇まいのせいで、窮屈《きゅうくつ》さもうるささも感じなかった。店内にBGMはなく、調理の音と、客達のさざめきが心地よくただよっていた。

僕は、左隣でメニューを見ている彼女の横顔を、ちらっと見た。まだ二十代だろうに、こんな店を知っていることに驚き、気圧《けお》されてもいた。

「小出さん、飲み物はどうされますか。日本酒はもちろん美味《おい》しいけれど、ビールもワインもウイスキーも焼酎も、いいものが揃ってるから、このお店にしたんです」

「お酒、好きなんだね」

「あ、ばれちゃった」

彼女は、肩をすくめて見せた。

僕はこの夜、彼女が二十四歳であること、独身で恋人はいないこと、中目黒にマンションを借りて、大学生の妹と二人で住んでいること、故郷は福岡であること、父親はサラリーマンで母親は専業主婦であること、好きな食べ物は蕎麦と鰻で、好きなお酒は日本酒と赤ワイン、好きな色はシャンパンゴールドで、好きな花は白いチューリップであること、などを知った。他にも、会社でどんな仕事をしているのか、親しい友人はどんな人間か、好きな本、好きなファッション、好きな映画、さまざまなことを知った。僕の口数が少ない分、彼女はたくさん話した。時々「わたしばっかりしゃべっちゃって、ごめんなさい」と言いながら、他愛ないことでも大袈裟な身振り手振りを加えて、実に楽しそうだった。

そして僕のほうは、三十一歳であること、神奈川医科大学附属病院心臓外科の研究医であること、下の名前は桔平であること、横浜にある病院の寮に住んでいること、故郷は北海道であることを、訊ねられるままに話した。年齢以外、すべて偽りだ。

「北海道のどこですか?」

そう聞かれたときは、冷や汗をかいた。

「旭川から少し離れた、道民だって知らないような、小さな町なんだ」

そう言ったあと、すぐに彼女に幼少期の質問をして、ごまかした。

由加利は終始機嫌よく、日本酒をあおっていた。僕も飲んだが、それ以上に彼女は飲んだ。

「これでいつも、男の人にドン引きされちゃうんですよねえ。でも、そんな男はこっちから願い下げです」

酔ったのか、一瞬しなだれかかってきたので、

「大丈夫？」

と気遣うと、

「とっても気持ちよく酔いました。小出さんは、一緒にいて気持ちのいい人です」

そう言って、体を戻して頬杖をつき、下から僕を上目遣いに見た。

「それは、よかった」

「あー、照れてる」

彼女の、少し縁《ふち》が赤らんできた両目が、子犬か赤ん坊でも見るように、やわらかくゆるんだ。

帰り道も、彼女のおしゃべりは続いた。僕は、相槌を打つことが心地よくなっていた。繁華街の灯りが見えて来たとき、左手の甲に彼女の温かい指が触れた。手袋をしていなかった。僕は、次の瞬間には逃げそうになったその指を追い、握った。彼女は

おしゃべりをやめ、自ら引っぱられるようにして、僕の左腕に身を寄せてきた。そして駅に着くまで、僕らは黙って歩いた。

一日限りだったはずの小出桔平は、生き続けることになってしまった。


その晩、またあの夢を見た。

いつものように僕は、灯りの漏れる窓に近づき、レースのカーテン越しに、見たくないと思っているあの光景を見る。白いテーブル、木の椅子、床に散らばる色とりどりの積み木、絵本。そしてテーブルには、冷え切った土鍋と三つの取り皿、大、中、小の、三つの茶碗と三膳の箸。

ところがその日、僕は森に戻らなかった。黒い鉄のドアに近づき、把手《とって》を回して引いた。とても重たく、両手でつかまないと開くことができなかった。

中は静まり返っていた。靴を脱いで上がり、冷たい廊下を行くとすぐに、ガラスがはまった白い木枠のドアがある。よく知っているドアだ。開けると、窓から見えたリビングがある。そこへ足を踏み入れたとき、僕はもう泣いていた。胸の奥から何かが湧いてきて喉をふさいだ。

しかし聞こえてきた嗚咽《おえつ》は、僕のものではなかった。リビングの隅で、黒い塊《かたまり》が震えているのだ。

彼女だった。

どうしたの、と僕は訊ねたいのに、喉が詰まって声が出ない。彼女は泣きじゃくりながら、僕を少女のような瞳でまっすぐ見上げている。かわいそうに、おびえているのだ。僕は両手を差し出す。しかし彼女は動こうとしない。

「何してるの、僕だよ」

やっと、声が出た。その瞬間、ガラスを引っ掻くような悲鳴が部屋に響き渡った。僕は思わず目をつむり、両手で耳をふさいだ。そして再び目を開けたとき、別のドアの前に立っていた。

中から子供のはしゃぐ声がする。僕はそっとドアを開ける。そこには恐ろしいほどの闇があり、僕はドア口で、まるで崖っぷちに立っているような気分になる。

そのとき、闇の中からもう一度、子供の声がした。僕は声をふりしぼる。

「何してるの、パパだよ」

凍えるような部屋の中で、汗びっしょりになって目覚めた。

二度目のデートは二週間後の土曜日、銀座の画廊だった。午後の早い時間に落ち合い、イタリアンレストランでランチを食べてから出かけた。開かれていたのは、由加利が好きだという日本画家の個展で、神話世界を思わせる理想郷をテーマにした、素朴と官能が混じり合った幻想的な連作が展示されていた。

「素敵でしょう」

画廊に入って一枚目を見て、由加利はしみじみと言い、あとは黙って鑑賞し始めた。レストランでは最初のデート同様たくさんおしゃべりしていた彼女が、別人のように絵に引き込まれていく様子は、少女のようでかわいらしかった。はじめてなので順番に回りたい僕と、好きな絵を好きなだけ眺めていたい彼女は、すぐにばらばらになったが、気を使うことなくそうできることも、とても心地よかった。

「うんと仕事を頑張って、この絵を掛けられるくらいの家に住めるようになったら、いつかきっと買う。それが夢なの」

ひとつの絵の前で一緒になったとき、彼女はきっぱりとした感じでそう言った。

『銀魚』というタイトルがつけられたそれは、荒野に立つ大柄な裸の女の、脂肪がたっぷりとついた体の中を、銀色の魚が三匹、悠然と泳いでいるという絵だった。

「毎日この絵を見られたら、素敵だろうね」

僕も心からそう思って返した。

画廊を出ると、もう夕暮れだった。お茶でも飲もうと誘うと、家に来ないかと、由加利は言った。

「妹がスキー旅行に行っていて、いないんです。それで、定期購入している野菜が、食べきれなくて。お鍋しませんか」

とっさに断る言い訳を考えようとしたが、思いつくことができなかった。

彼女が住むマンションは、中目黒駅から歩いて十数分ほどの住宅街にあった。オートロックのついていない古い建物だったが、エントランスには大きなプランターが並んでモダンな植物が品よくアレンジされて植えられ、掃除も行き届いていた。

「駅から遠いし、上り坂だから、疲れたでしょう」

エレベーターに乗ると、彼女は言った。

「いや、大丈夫」

僕の手には、駅前のスーパーで買った鱈《たら》の切り身とつみれ、赤ワインのボトルが入った袋があった。

「重たくないですか」

彼女の緊張が、僕にも伝わってきた。

「おれ、そんなにひ弱に見える？」

「あっ、そういう意味じゃないです」

僕がくすくす笑うと、彼女も同じように笑った。

彼女の部屋は六階にあった。玄関を入り、短い廊下の先にあるドアを開けると、リビングダイニングだった。彼女は「着替えてくる」と言って、その左手にある引き戸を開けて中に入った。僕はダイニングテーブルにスーパーの袋を置き、ぐるっと部屋を見渡した。カウンターで仕切られたキッチンには、小振りの冷蔵庫とその上に電子レンジ、白い食器棚には、まるで新婚家庭のように、コーヒーカップやご飯茶碗が二つずつ並んでいた。

「狭くてびっくりしたでしょう」

コートを脱いで部屋から戻ってきた彼女は、僕のピーコートを受け取ろうと手を伸ばしてきて、そのまま、そっと僕の背中にもたれてきた。やわらかな感触が、厚手の生地を通しても伝わってきて、僕を駆り立てた。

彼女の方へ向き直り、そのやわらかい体を抱きしめた。しぼられるような痛みが体の中を走って僕を責めたが、止めることはできなかった。

宿に戻ると、期限の切れた昔の健康保険証を、はさみで細かく刻んで捨てた。次に、安《やす》田《だ》公平《こうへい》の痕跡がたくさん詰まったパソコンを、初期化した。初期化のボタンを押す前に、保存されていた膨大な画像のうち、どうしてもとっておきたかった三枚を、新しい携帯電話に送って保存した。

こうしてこの日、僕は安田公平を殺した。

＊8

二日後、わたしは再び新宿に来ることになった。海原が、コインロッカーを探り当てたと、連絡してきたのだ。

会社帰り、待ち合わせた新宿三丁目交差点に着くと、海原は交番の脇に立っていた。

「海原さん」

「やあやあ、川原さん。早速向かいましょう」

あいさつもそこそこに、海原はさっと背中を向けて歩き出す。

「駅のコインロッカーじゃなかったんですね」

わたしは小走りになって、彼の歩調に合わせた。

「違いました」

「ずいぶん早く見つかったので、驚いています」

「川原さんの、お手柄ですよ」

「わたしの？」

「ええ。一昨日いただいた、Ｓｕｉｃａの利用履歴のお陰です。コインロッカーはどこも、大抵三日が期限なんです。それを過ぎると、管理会社が中身を出してしまう。小出さんは、普通の勤め人を装っていたわけですから、盆暮れ正月の長期休暇や、年に何度もある三連休のことを考えたら、そんなところに預けるのは、気が気じゃないでしょう。そこで僕ら、トランクルームなどの月極契約で借りられるところを、都内中、しらみつぶしに探していたんですよ。それが、あの鉄道利用履歴のお陰で、新宿にしぼることができた。あれがなかったら、あと何週間かかったか」

「そうですか」

わたしは、実家が家のリフォームをするときに利用した、トランクルームを思い出した。セキュリティーも空調も、最新設備で管理された、清潔な倉庫だった。

ところが着いたのは、外壁にひびが走っているような、オートロックもない古い四階建てのビルだった。入り口を入るとすぐ、受付らしい小窓がついたカウンターがあったが、海原はそこを素通りして、脇の階段を跳ねるように上っていく。ついていくと、二階はまるでスーパー銭湯の脱衣所のように、灰色のロッカーがずらりと並んで迷路を作っていた。

海原について進んで行くと、先で、カーキ色の作業服を着た男が、ドアに鍵を差し込んでいた。背後を通りしな、半分開いたドアの隙間《すきま》を盗み見ると、中にぎっしりと、紙袋が詰まっているのが見えた。男からは、汗と土の臭いがした。

「こっちです」

海原に呼ばれ、奥の一角にたどり着く。そこで、預けてあった鍵を渡された。

「1724」

鍵に刻印された数字を読む。目の前に、同じ番号のついた扉があった。

「ご自身で、開けてください」

わたしは鍵を鍵穴に差し込み、左にひねった。カチャッと頼りないような軽い音がして、施錠が外れた。そのまま握った鍵を引くと、扉が開いた。

まず目に飛び込んできたのは、百貨店の紙袋だった。そしてその下に、ノートパソコンが置かれていた。

紙袋を手に取る。拍子抜けするほど軽かった。しかし中身を見て、わたしは小さな叫び声をあげてしまった。

「何です」

そう言って覗きこんだ海原も、わっと声をあげた。そこには裸の一万円の札が数十枚、無造作に入れられていたのだ。札の間には、破られた白い帯封もいくつか見えた。

わたしたちは顔を見合わせ、同時に唾を飲んだ。

紙袋は海原に預け、ロッカーに残ったパソコンと充電ケーブルを取り出した。まるで見覚えのないものだった。パソコンを開いてみると、キーボードの隙間にはほこりが溜まり、本体のあちこちに傷が見えた。電源を入れてみると、起動はしたがパスコードを求められ、中を確認することはできなかった。

わたしは、キーボードにさっと指をすべらせた。見知らぬ桔平に触れてしまった気がして、胸がざわついた。

「うちの事務所に、コンピューターおたくのスタッフがいますから、調べさせてみますか」

「はい、お願いします」

わたしはパソコンを閉じ、ケーブルと一緒に脇に抱えた。金の入った紙袋は、海原が持った。来た通路を引き返すと、先ほどの作業着の男が、ロッカーの扉の陰で着替えをしていた。薄汚れた白いランニングシャツが、足元に落ちているのが見えた。わたしたちは、そっと脇に逸《そ》れた。

階下に下りると、海原は受付の小窓を叩いた。磨《す》りガラスにのっそりと黒い影が現れ、窓が開く。顔を出したのは、禿頭《とくとう》の老人だった。

「はい？」

「あの、ロッカーを借りていた者の、家族です。本人が入院したもんで、頼まれて荷物を取りに来まして、鍵を返したいんですが」

そう言って海原が鍵をカウンターに置くと、老人は鍵の番号を確認してから、こちらからは見えない手元で、何かを調べだした。

「一応、お名前をおっしゃっていただけますかね」

「小出桔平です」

わたしが答えた。

「はい、小出さんね。じゃあここに、サインして」

差し出されたA４の紙には、一番上に大きくロッカーの番号、その下に氏名と電話番号が、懐かしい桔平の文字で書かれてあった。彼は確かに、ここに立っていたのだ。

その下の「契約日」の欄には、二〇一二年四月二十三日と書かれていた。

「川原さん、この日付に、覚えはありますか」

わたしは小さくうなずき、老人に聞かれぬよう、横を向いて言った。

「わたしたちが、一緒に暮らし始めた頃です」

このひと月前、妹が大学を卒業し、福岡に帰った。それを機に一緒に暮らさないかと、わたしは桔平に提案した。彼は驚いた顔をして、考えさせて欲しいと答えた。先を急ぎ過ぎて嫌われてしまったかと後悔したが、次に会ったとき、彼は「実は僕は、とても安月給なんだ」と恥ずかしそうに言った。そして、わたしがそれまで妹の生活費として実家から受けとっていた額が十万円だと話すと、「それなら、なんとか払える」と言ってくれた。

「あの、ロッカーの使用料なんかは、どうなっているんでしょうか」

サインをし終えてわたしが訊ねると、

「前金でいただいてますから、大丈夫ですよ」

老人はそう言って、下から見上げてきた。

背後に人の気配がしたので振り返ると、大きな紙袋を三つ左手に持ち、右手にふたの開いたカップ酒を持った男が、階段を上って行くところだった。

「川原さん、小出さんの顔を」

海原に促され、わたしはスマートフォンを取り出した。桔平の顔がよく写った画像を用意しておくよう、言われていたのだ。去年の桜の季節に、目黒川沿いで撮ったものを表示させ、老人に向けた。

「何です？」

いぶかしげな顔で、老人は眼鏡を掛け直した。

「これが小出なんですけど、見覚えありますか」

海原が言うと、老人は画像を見ながらうなずいた。

「ああ、知ってるよ。長いこと使ってもらってるからね」

「仕事のこととか、家族のこととか、何か話していませんでしたか」

「いやあ、そういうことはお互い訊かないもんだよ、こういうとこじゃ。暗黙のルールってやつだ」

「そうですか……」

「そういや、来月は更新しないと言ってたけど、どっか行くの？」

「え、来月は更新しないって、言ってたんですか、本人が？」

海原が、小窓に身を乗り出すようにして訊く。

「ああ、言ってたよ。だから鍵返しに来たんじゃないの、おたくたち」

「それ、いつのことですか」

「いつって、そんなの覚えてねえなあ。うちは毎月十五日が、翌月の更新申請の締め切りだから、その前じゃないの」

「この人はいつも、一人でしたか」

「そうだと思うよ、二人以上で来る人なんて、めったにいないし」

「利用する時間帯は、決まっていましたか」

「色んな人が出入りするから、細かいことは覚えてらんねえよ」

「最後に来たのって、三月十日でしょうかね」

「そこまではわからないね。うちは、いちいち出入りをチェックしてるわけじゃないから」

「彼を、訪ねてきた人などはいませんか」

「いないねえ。何かあったの、この人」

「いや、何でもないです。どうも」

わたしたちは、再び新宿の雑踏に出た。ワインバーや、昭和レトロ風に演出された居酒屋など、立ち並ぶ飲食店は、仕事を終えた大人たちでどこも満杯だった。桔平も、こういう店で一杯飲んでから、帰途につくことがあったのだろうか。帰宅は常にわたしのほうが遅かったから、彼がどんな様子で帰ってくるのか、ほとんど知らない。

「海原さん、あの貸しロッカー、どういう人たちが利用しているんでしょう」

「見た限り、ホームレスが多そうですね。家がなくても、自分が自分であることを証明する持ち物を、人は案外たくさん持っているものですからね」

わたしは家にある、さまざまなものを思い出した。そのいくつかは、桔平と共有しているものだった。二人で店へ行き、選んだもの、バレンタインやクリスマスに、贈り合う形にして買った二人で使うもの、一番多いのは、元はわたしのものだった共有物だ。

わたしたちは、近くのコインパーキングに駐《と》められていた、海原の車に乗り込んだ。

車が発進してから、しばらくどちらも黙っていたが、こらえきれなくなって、先にわたしが口を開いた。

「海原さん」

「はい」

「桔平はやっぱり……逃げるつもりだったんですよね」

「……まだ、わかりませんよ」

「わかるでしょう。五年間借りていたロッカーを、今月いっぱいで解約するつもりだったんですよ。それにそのお金……。きっとあの日、これを取りに来たのに決まってる」

「まあ、そうとも考えられますが」

再び、車内は沈黙に包まれた。海原がラジオをつけると、にぎやかな男女の声が、都内の花見スポットについて話している。

「海原エージェンシーは、お花見されるんですか」

「いやあ、うちは僕と冴えない助手の二人きりですからね、そんなものはしませんよ。昔は……子供が小さかった頃には、家族でそこの新宿御苑や、代々木公園でしましたけどね」

「お子さん、いらっしゃるんだ。男の子、女の子？」

「娘です。当たり前だけど、離婚のとき妻のほうについて行っちゃったから、娘といってももう、他人みたいなもんですよ。あっちも親とは思ってないでしょう、何もしてやってませんからね」

「まさか。離れて暮らしていたって、娘にとってお父さんは、いつまでもお父さんのはずですよ」

「どうでしょうかね。がっかりさせてばかりの父親だから」

わたしは訊きたくもないことを訊き、海原は答えたくもないことを答えていた。紙袋の金が意味することについて、考えたくなかったのだ。

海原の事務所は、代々木の駅前にある雑居ビルの、六階にあった。『海原エージェンシー』と印字された白いプレートが貼られた扉の中は、わたしが住んでいる2DK全体と同じくらいの広さで、中央に事務机が三つ、合わせ目でTの字を作るように突き合わせて置かれている。

海原が言うと、

「戻った」

「お疲れっす」

パソコンモニターの向こうから顔を出したのは、長髪に分厚い眼鏡をかけた、猫背の若い男だった。

「こいつが、コンピューターに詳しい木村です」

海原が、Tの字の頭部にあたる席に鞄を置きながら、男を顎で示して言うと、男はわたしと目を合わさずにこくっと頭を下げ、

「どうも」

と言った。

「キム、こちらが依頼人の川原さん。早速だけど、このパソコンのパスコードを調べ

て開けてくれ」

わたしは会釈してから、木村にパソコンと電源ケーブルを差し出した。彼はそれを受け取ると引きかえに、

「思い当たる単語や数字をもらえますか」

と早口に言い、メモ帳とボールペンをよこした。

「川原さん、あちらへ」

海原は紙袋を抱えて、部屋の隅のパーティションを指差した。行くと、仕切りの向こうは応接室になっていた。

ソファーに座り、メモ帳をテーブルに置いて、どれも違うだろうと思いながらも、彼の名、誕生日、電話番号などを書いていると、その横に、ばさりと紙袋が置かれた。

「ひとまず、数えますか」

海原は言って、相向かいに座り、缶コーヒーを二つ置いた。

「いただきます」

わたしは彼にメモ帳を渡し、缶コーヒーの口を開けた。

「キム！」

海原は体を傾けてパーティションから半身を出し、そこからメモ帳を投げた。

わたしは紙袋を横にし、底を持って振った。テーブルに、生々しい札と帯封がすべり出てくる。札はしわのあるもの、綺麗なもの、ばらばらだ。海原が、右手で無精髭に覆われた顔をこすった。

「はい、これ今月分」

毎月〝給料日〟となっていた二十五日に、そう言って裸のままの札を渡してきた桔平の指が、これらをつかんでいるところを思う。いったい、どんないわくがある金なのか。

「わたしが数えます」

言って手を伸ばし、札を両手でつかむと、あっ、と海原が言った。同時に、札の間から小さなカードが落ちた。海原が、それを拾い上げる。

「健康保険証ですよ」

渡されたそれを見てみると、氏名の欄に「小出桔平」とあった。

「これがあれば、戸籍がわかりますよね」

わたしは半分腰を浮かした。

「本物ならね」

書かれた生年月日は、わたしが知っている彼の誕生日だった。発行は、東京都医師国民健康保険組合とある。

「偽物でしょうか」

「実は昨日、小出桔平さんの名前で、医師免許のデータベースを調べてみたんです」

「それで？」

「存在しませんでした。ですからこれも、おそらく偽造でしょう。本物なら、こんな風に隠しておく必要もないわけですしね」

「何のために、わざわざこんなものを……」

「よほど、小出桔平という人物を、完璧に作り上げたかったんじゃないでしょうかね」

「わたしをだますために……だけですか？」

海原は、答えない。

わたしは缶コーヒーの残りを一気に飲み、乱暴に札を数え始めた。一万円札は、全部で五十二枚、帯封は八本あった。

「八百万か……」

札を前に、海原が腕組みする。彼が何を考えているかわかるので、わたしは何も言えない。海原は勝手に続ける。

「偽称の上に、大金か……」

そう言って、黙った。

「海原さん、はっきり言ってください。犯罪を疑っているんでしょう」

「……ええ。もしくはそれに近いことに、彼は関わっていた。今は逃亡中で、川原さんを隠れ蓑《みの》に利用していたのかもしれない。もしそうだとすれば、残りの現金は五十二万円、あとがない状態でしょうね」

「……隠れ蓑……」

つぶやいて唇を嚙んだとき、パーティションの向こうから「やった」という声がした。

「どうした、キム」

「パソコン、開いたっす」

「何っ」

わたしたちは、木村のデスクに駆け寄った。開かれているノートパソコンのディスプレイには、ドキュメントフォルダーの中に保存された、ひとつのファイルが表示されていた。

「何だ、これは」

海原が『untitled』と書かれたファイルを指差す。

「このパソコンに保存されている、唯一のファイルです。開けていいですか」

海原がこちらを見たので、わたしはうなずいた。

「よし、開けろ」

カチカチッとファイルがダブルクリックされると、画面いっぱいに、細かい縦書きの文章が広がった。一行目に『第一章・風』とあるのが読めた。

「なんじゃ、こりゃあ」

画面に顔を近づけた海原の肩をつかんで引き戻し、木村を押しのけて、わたしは椅子に座った。画面をスクロールしていくが、文字は延々と続いている。

途中で手を止め、文章に目を走らせた。

「第三章・島。瀬戸内を渡る風は春にしては冷たく、島に向かうフェリーで、雄太は何度もくしゃみをした。僕は巻いていたマフラーで、雄太の小さな肩を包んでやったが、デッキを走ってすぐに外してしまう。佑子が中に入るよう何度言っても、『ママもおいでよ』と答えて、次々と現れる美しい島影に見とれている」

そこまで音読して黙ると、部屋はしんと静まりかえった。

「雄太と佑子って、誰です?」

海原が言う。

「知りません」

わたしが画面を凝視したままぶっきらぼうに答えると、海原は咳払いをした。

「日記にしちゃあ、文章が何だか仰々しいな。なあ、木村」

「日付もないし、小説か、エッセイみたいなもんじゃないっすか」

木村がのんびりと言って、海原の机から椅子を引いてきて座った。

「川原さん、小出さんにはそういう趣味があったんですか」

「知りません」

瀬戸内、フェリー、ママ、そして、雄太、佑子……。どれもこれも、わたしには関わりのない単語ばかりだ。

「キム、これ、どのくらいの量あるんだ」

木村は立ち上がり、マウスをつかんだ。

「テキストファイルで……約六百キロバイトありますね。単純計算で、三十万文字、四百字詰め原稿用紙で換算すると……」

画面に表示された計算機が、750の数字を打ち出した。

「七百五十枚！」

海原が、大声で言った。

「実際はもう少し少ないと思いますけど、どっちにしても、大長編っすね」

桔平がものを書いているところなど、見たこともなかった。かつてそんな趣味を持っていたとも、聞いたことはなかった。

「海原さん、このパソコン、持って帰っていいですか」

声が震えた。唇も、指先も、体全体が震えていた。恐怖からなのか怒りからなのか、自分でもわからない震えだった。

「ええ、どうぞ。ただ、もし調査を続けるなら、それは貴重な手掛かりですから、こちらにも読ませていただかないと」

「わかりました。どうすれば？」

「キム、コピーして俺のパソコンに入れてくれ」

「了解っす」

木村が引き出しを開け、ＵＳＢメモリを取り出して、桔平のパソコンに差し込んだ。

「木村さん、このパソコンのパスコードって、何でしたか」

「ああ、これっすね」

渡されたメモ用紙には『２００９０９２０』と書かれていた。

「川原さん、この数字が何だかわかりますか。日付かもしれない、二〇〇九年九月二十日」

海原に訊ねられたが、首を横に振るしかなかった。

「もし日付だとしたら、それは、わたしが桔平に出会う前です」

わたしの知らない桔平の過去の断片が、丸裸になって晒《さら》されているような気がして、
木村がＵＳＢメモリを抜くと、わたしはすぐにパソコンを閉じた。

「川原さん、ご自宅までお送りしますよ、現金がありますからね」

海原の車の中で、わたしはパソコンと現金の入った紙袋を胸に抱え、ひと言も発し

なかった。ふいに現れた、嘘の皮を剝《は》いだ桔平の影が、すぐ隣で息を殺しているような気がしてならなかった。

『第三章・島』

瀬戸内を渡る風は春にしては冷たく、島に向かうフェリーで、雄太は何度もくしゃみをした。

僕は巻いていたマフラーで、雄太の小さな肩を包んでやったが、デッキを走ってすぐに外してしまう。佑子が中に入るよう何度言っても、「ママもおいでよ」と答えて、次々と現れる美しい島影に見とれている。

フェリーのタラップを降りると、雄太は一目散に駆け下りて行った。揺れる桟橋に歓声をあげ、早く早くと飛び跳ねて見せる。

「一人で先に行かないで」

と言う佑子の声も無視して、あっという間に桟橋の向こうだ。

「元気ね」

潮風になびく髪をかき上げ、彼女は苦笑いする。

そのとき突然、甲高い獣の鳴き声がした。雄太は立ち止まり、あたりを見回している。

「パパ、今の何？」

「アビという鳥だよ」

「鳥さん！」

雄太は大きな声で言うと、くるっとこちらに向き直り、一直線に駆けてきて、僕に飛びついた。

「鳥さん、どこにいるのかな」

そう言いながら、雄太が右手で僕の左手を、左手で佑子の右手を握って、ぶら下がろうとする。僕らは「いち、にい、さーん」と言って、雄太を持ち上げてやった。

仲良く並んだ三つの影が、桟橋のコンクリートに、くっきりと映っていた。

「雄太、ここが、パパが生まれ育ったところよ」

佑子が言うと、雄太は「ほんと」と言って僕を見て、目を輝かせる。

明日は二人を、灯台に連れて行ってやろう。あの宝物は、まだあそこにあるだろうか。

「パパ、もう一回」

雄太が言い、僕らは全員で、声を合わせる。

「いち、にい、さーん」

「もう一回」

「いち、にい、さーん」

海の波音が、ゆったりと僕らをあやすように包み込む。

「今日の海は機嫌がいい」

僕がそう言うと、佑子は微笑んだ。

翌日、僕らはレンタカーを借り、灯台へ出かけた。車を置いた駐車場は、僕の生家から近いはずだったが、大きく丘が削られて電力会社の施設ができており、それを見つけることはできなかった。

あの頃僕は、朝起きると、寝床に聞こえてくる波と風の音で、海の機嫌がわかった。

泳いでもいい日か、魚を釣ってもいい日か、夜光虫で海が光る日か、亀が産卵に上がってくる日か、なぜだかわかるのだった。

機嫌のいい海は、僕を抱いてあやしてくれた。素潜《すもぐ》りすると、滑らかな感触で僕の体を撫で、色とりどりの魚たちを呼び、鮮やかなダンスを見せてくれた。

怒っている海は、僕を一歩も近づけさせなかった。墨色に変色し、あちこちに波の白い泡を立て、岩を打って風とぶつかり合い、地響きのような音を立てて、僕を震え上がらせた。

そんな日があっても、僕は海が好きだった。浜辺は運動場になったり、戦場になったり、ダンスフロアになったりした。岩場は秘密基地や、頑丈な要塞だった。そして近所の灯台は、最も大事な、宝物の隠し場所だった。

僕の宝物は、貝殻や瓶の王冠、ビー玉、お菓子のおまけについてきたシールのコレクション、超合金ロボットの人形といったものだった。他愛のないものばかりだが、あの頃の僕にとっては、何よりも大切な価値あるものだった。

家からもよく見えた灯台は、島の北側にある岬の突端にあり、夕陽がそこに沈むときには、まるで燃え盛る蠟燭に見えたものだった。

灌木が茂る小山を上り、木製の階段を数段下りてたどり着くと、白い円錐状の建物の下の土台の一部に、コンクリートが崩れているところがあり、そこを掘って、宝物の隠し場所を作った。品物を納めたあとは、大きさのちょうどいい石をはめ込んで、上手にふたをした。

小学三年生のとき、島を出ることになった。僕は泣いた。慣れ親しんだ海と、離れたくなかったのだ。

引っ越しの日は朝早く起き、灯台へ行った。秘密の石のふたを開け、宝物を取り出すと、それを持って海岸の岩場へ下り、冷たい朝の海水で、ひとつひとつを丁寧に洗った。引っ越し先に持っていくつもりだった。

しかし、それらを美しい水に浸して撫でているうちに、彼らを、僕がここにいた証として、残しておきたいという考えが浮かんだ。そうして僕は、きれいになった宝物たちを、再びコンクリートの穴に戻し、

「大人になって強くなって、怖い敵を倒したら、必ず助けに帰って来るからな」

そう言葉をかけて、ふたでふさいだ。

あの頃の僕にとって、何が敵だったのだろう。怒った海だったのか、真っ暗な夜だ

ったのか、それとも、未来への不安だったのだろうか。

「パパ、ママ、灯台が見えたよ！」

どこにそんな力があるのか、華奢な脚で急な山道を駆け上がっていた雄太が、立ち止まって僕らを手招きする。

「雄太、早いわよ」

隣を歩く佑子の息が、はずんでいる。

「おーい、待て。そこから階段を下りるから、一緒に行こう」

僕が大声で言うと、雄太は両手を大きく振った。

追いつくと、木々の間から、白い灯台の姿が見えた。時が止まったように、あの頃のままだった。背後の海の青が、迫ってくる。

雄太、佑子、僕の順に、一列になって階段を下りた。小さな雄太の背中を見ていると、自分の背を追っているような、不思議な気分になった。

「わあ、大きい！」

灯台の足元にたどり着くと、雄太は両手を広げて白い壁に張りついた。佑子は笑って、その姿を写真に撮っている。

僕は一人、宝の場所を探した。それは何なく見つかった。穴をふさいだ石は、間違いなく僕が置いたものだった。

「もしかして、それなの？」

佑子が傍らに立ち、しゃがみこむ僕を見ていた。

「うん」

「雄太、いらっしゃい。パパの宝箱を開けるわよ」

「宝箱！」

六つの目に見守られて、石は取り除かれた。手を入れると、指先がカツンと乾いた音を立てる。それが懐かしい菓子の缶であることは、すぐにわかった。

「あった」

「本当に！」

「パパ、すごい！」

その夜、遊び疲れて、僕の超合金ロボットを右手に持ったまま眠ってしまった雄太を見て、僕は、父親になった日のことを思い出していた。

生まれたての雄太はあまりにも小さく、頼りなく、僕は抱いたりあやしたりするたび、子供の頃に飼っていた、繊細な虫たちを思い出していた。そんなことを言ったら叱られてしまうだろうから、佑子には黙っていたけれど、壊してしまいそうで恐ろしかったのだ。

それがすっかり腕白に育ち、体力では時々僕もかなわないほどだ。

寝顔は佑子にそっくりだった。優しい性格も、佑子にそっくりだった。

＊9

パソコンから顔を上げると、カーテンがほのかに青い光を帯びていた。鳥も鳴いている。時計を見ると午前六時になるところだったが、開いているファイルのスクロールバーは、まだ全体の三分の一にも達していない。

桔平が綴《つづ》った物語は、〝僕〟と〝佑子〟と〝雄太〟の三人家族の、淡々とした日常を描いたものだった。大きな事件もなければ、悲劇も喜劇もない。文章は平易で、気取った言い回しや小難しい比喩もない。なのにわたしがこんな時間まで読み耽《ふけ》ったのは、〝僕〟が桔平自身であることが、疑いようもなかったからだった。

天涯孤独の身であるどころか、おそらく桔平には妻子がいた。そして、わたしと暮らしていながら、彼らとの思い出を毎日書き綴っていたのだ。

どこかの田舎町で、ほとぼりが冷めて桔平が帰ってくるのを待っている、妻と息子の姿を想像すると、涙も出なかった。

わたしは桔平のパソコンを閉じると、座っていたダイニングテーブルの椅子から立ち上がり、ソファーに置いてあったスマートフォンを手に取って、海原にメールを打った。

『海原様

おはようございます。

桔平の原稿を、途中まで読みました。木村さんが言っていたように、小説のようでもあり、エッセイのようでもありますが、いずれにしても彼自身の物語であることは、間違いないと思います。

瀬戸内のどこかの島が、彼の故郷ではないでしょうか。わたしは昔、彼の携帯電話に入っていた、海の写真を見たことがあります。彼の原稿に出てくる風景に、そっくりでした。

調査、引き続きお願いいたします。

川原由加利』

送信ボタンを押すと、そのまま隣の寝室へ行き、ベッドに倒れ込んだ。

目が覚めたのは、スマートフォンの音に起こされてだった。時計を見ると、午前十時十五分だった。電話が鳴っているとわかっていたが、それよりも、出社時間をとうに過ぎていることに慌てた。ベッドから飛び起き、リビングに行き、どうにもならないことを覚って寝室に戻り、電話に出た。

「はい、川原です」

「やあやあ、海原です。メール、読みました。我々も、あの原稿を読み始めていますが、瀬戸内の離島は、小出さんに関連があると考えています」

「これから、どうすれば」

「とにかく、あれを最後まで読んで、情報を集めます」

「瀬戸内に、調査に行かないんですか」

「闇雲に行っても、景色を見て終わってしまいます。きちんと煮詰めて、調査対象をしぼってから現地に行かないと」

「でも、場所がわかったんですから、行ったほうが早いんじゃないですか。調査費は、いくらかかってもかまいませんから」

「川原さん、瀬戸内海に有人の島が、いくつあると思っているんですか。百五十以上ですよ。本州側だけ見たって、大阪から山口まで、どれだけ広いか」

「ですけど……」

「お気持ちは、わかります。あの物語が小出さんの過去を反映しているとしたら、彼はおそらくそこで、家庭を持っていたのでしょうからね」

わたしは、唇を噛んだ。魅力的な妻と、かわいい子供。読みながら頭に浮かべていた映像が、まざまざと再生される。

「そうです。だからわたし……」

「川原さん。もしそうだとしたら、彼は東京へ、なぜやってきたんでしょう」

「え？」

「家族のためかもしれない」

「だったら、何なんですか」

「世の中には、あばくべきじゃないことも、ありますからね」

「何を今さら。それが自分の商売だって、そうおっしゃってたじゃないですか」

「ええまあ、そうなんですがね。あの原稿を読んだら、何とも……」

「とにかく、調査は続けてください。彼のことが知りたいんです。そうでないと、一緒に暮らした五年間が何だったのか、彼にとってわたしは何だったのか、わからないままですから」

「小出さんはあなたに、自分の何もかもを隠しています。この原稿も、厳重に隠されていた。あの日倒れていなければ、今頃彼は、原稿の入ったパソコンと現金を持って、また別の街で、別の名前を持って暮らしていたのかもしれない。それほどまでして隠されたものをあばくというのが、どういうことかわかっていますか。鬼が出るか蛇《じゃ》が出るか、いずれにしても、誰も幸福にはならない。僕にはそう思えるんです」

「わたし、鬼が出ても蛇が出ても、平気です」

　ふう、と海原が大袈裟な溜息をついた。

「……今朝、小出さんのお見舞いに行ってきましたよ」

「えっ」

「ゆうべ原稿を読み始めて、何だか気になりましてね。調査のためにお顔も拝見したかったし、ごあいさつもしておきたかったんです。病院で聞きましたが、あなたはほとんど、彼のところに行っていないそうですね」

「……仕事が忙しいんです。休日出勤もあるし」

「それは、大変だ」

冷たい口調だった。

「わたしが、彼のことを心配していないとでも、言いたいんですか」

「そんなことは、ありません」

「もしもわたしが、傷ついた自分のプライドを修復するためだけに、こんなことをしているのだとしても、だからどうなんですか。理由はどうあれ、彼の真実を知りたいことには、変わりありませんから」

「川原さん、僕が以前結婚している頃、妻に嘘をついていたって話、覚えていますか」

「ええ、覚えています。奥さんを大切に思うからついていたっていう、偽善的な嘘のことでしょう」

「本当のことを言いますとね、嘘をついていたのは、妻のほうなんです。僕は、彼女が必死で隠していたものを、無理やりあばいて、自爆したんですよ。気になるでしょうから言ってしまいますが、簡単に言えば浮気です」

一気に言って、海原は最後にもう一度、大きく溜息をついた。

「……嘘をあばいたことを、後悔しているんですか」

「それまで築いてきたものを、一瞬にして壊してしまいましたからね」

「悪いのは、奥さんじゃないですか」

「そうですよ。でも、十年以上も昔の、小さな過ちでした。彼女はそれを一人で抱えて、必死で隠してきたんです。僕が一番守りたかったものを、彼女もまた、守りたいと思っていたからです。それをわかっていながら、僕はあばいた。なぜだと思いますか。復讐ですよ。自分を欺いた彼女に復讐したくて、僕は秘密をあばき、結果、最も大事にしていたものを、粉々に破壊した。彼女と僕と、本当に悪いのは、どちらだと思いますか」

復讐という言葉が、枯平が倒れて以来胸の中に刺さって抜けずにいた棘《とげ》を、指で押すようにしてわたしを苦しめた。

「わたしには、関係のないことです」

「小出さん、今も意識はないままですが、必死で生きていらっしゃいますよ。リハビリの先生は、彼に小出さん、桔平さんと、呼びかけていました。僕にはわからなかったけど、先生は、きっと聞こえているとおっしゃっていた。少なくとも、彼は今はまだ小出桔平として、病気と闘っているんです」

何の表情も見せず、わたしに言い訳ひとつ言わずに横たわっている、桔平の白い顔が頭に浮かんだ。

「すみませんが海原さん、忙しいのでもう失礼します。やる気のない人には頼みたくないので、調査はこれで打ち切ってください。請求書は、自宅まで郵送してもらえますか」

「お力になれず、申し訳……」

海原の言葉が終わる前に、わたしは電話を切った。

急いで顔を洗い、化粧をして着替える。アイロンをかけていないブラウスの上から、ジャケットを羽織り、コートを着る。ボタンを留めながらパンプスを履き、エレベーターを下りながら乱れた髪を手櫛で整える。マンションを出たところで、小走りしながら会社に電話を掛けた。

「川原です。部長をお願いします」

「由加利、今どこ」

押し殺すような声が言った。

「ああ、綾子か。ごめん、寝坊しちゃって。今から電車に乗るところなの。部長に伝えておいてくれる」

「何やってんのよ。今日が何の日か、わかってんの」

綾子のただならぬ声を聞いて、わたしははじめて、今日の午前中に、新商品の社内プレゼンがあったことを思い出した。

「やだ。ごめん、本当にごめん。どうしよう。どうした、プレゼン」

「ちゃんとやりました。それにしても、寝坊はまずいよ。インフルエンザだって言っとくから、今日はもう、来ないほうがいい」

「でも」

「あなた一人いなくても、会社はちゃんと回るから大丈夫。由加利、疲れてるのよ。

明日は土曜日だし、少し休みなさい」

「うん……わかった」

電話を切ったあと、わたしはしばらく道端に立ち尽くしていた。我に返って歩き出したとき、通りの店のショーウィンドウに映った自分の姿が目に入り、コートのボタンが掛け違っていることに気がついた。留め直そうと下を向いたとたん、両目から涙がぼたぼたと零《こぼ》れ落ちた。

わたしはずっと、ひとりぼっちだったのだ。二人で何かを築いているつもりで、実はひとりではしゃぎまわり、得意げな顔をしていた、間抜けなひとりぼっちだったのだ。

それから日曜日まで、ほとんどベッドの中にいた。枯平のパソコンはダイニングテーブルに載せたまま、電源を入れることもしなかった。いつ日が暮れ、いつ日が昇ったのかも、わからなかった。

彼の枕に顔を埋めたとき、まだほのかに彼の匂いがするのに気がついた。瞬間、起き上がってそれを両手でつかみ上げ、思い切り投げた。枕は、枯平のものを放り込んでそのままにしてあった、ごみ袋の脇に落ちた。

ベッドから下り、枕を踏みつけてキッチンへ行った。冷蔵庫からオレンジジュースを出して飲みながら、時計を見ると四時だった。リビングのテーブルに置きっ放しだったスマートフォンを取って見ると、日曜日の午後であることがわかった。綾子からメールが二件届いていたが、読まずに閉じた。

シャワーを浴び、清潔なシャツとジーンズを身に着けた。何か食材を買いに出ねばならなかった。空腹は感じないが、明日は会社だ。なるべく早く、桔平に出会う前の自分に戻らねばならない。上を目指してがむしゃらに働き、成果を上げ、世の中に貢献して、わたしという存在を、この世界としっかり結びつけなければならない。

エコバッグに財布とスマートフォンを放り込み、マンションを出た。しばらく歩くと、目黒川沿いの道に出る。桜の花がみごとな満開を迎え、見物する客であふれていた。

「シャンパン、ビール、いかがですか」

通りのカフェが、屋台を出していた。わたしは財布を出し、シャンパンを頼んだ。

「五百円です」

財布を開くと、札入れに、桔平のＳｕｉｃａが入っているのが見えた。鉄道利用履歴を取るために入れて、そのままだったのだ。

金色の液体がなみなみと入ったプラスチック製のカップを受け取り、空いていた歩道のベンチに腰掛けて桜を見上げる。ひと口飲むと胃がきゅっと縮み、そこが空っぽだということに、やっと気がついた。

一年前、同じようにシャンパンを買い、近くの小さい公園で一緒に桜を見たときの、桔平の横顔が頭に浮かぶ。

「来年はさ、お重にたくさんお料理を詰めて、お酒も用意して、シートに座ってお花見したいな」

何も知らなかったわたしは、そんなことを言って彼に甘えた。

「そのたくさんのお料理を作るの、どうせ僕でしょ。君はお酒を飲む係だ」

「あたり！」

「こらー」

「あーあ、早く来年にならないかなあ」

「重箱って、うちにあるの？」

「ない。わたし、素敵なの買っちゃう。ちゃんとした漆塗りのやつ。んーと、ほら、こういうのとか」

わたしはスマートフォンで重箱を検索し、桔平に見せた。

「またそんな贅沢を。プラスチックで十分だよ。それにこんな立派な三段重なんて、二人には大き過ぎるだろう」

「何言ってるの、こういうのは、いいものを買って、長く使うのがいいんだから。今は二人だけどさ……」

桔平が黙り込んだことに、わたしは気づいた。しかし、続けた。

「……もし、いつか子供ができたら、丁度よくなるでしょ。わたしは絶対に男の子を産むから、足りなくなっちゃうかも」

笑ったのは、わたしだけだった。桔平が何も言わないので、おどけてさらに続けた。

「あ、男の子、だめ？　でもほら、妹の子供が女の子だからさあ……」

ごめん、という小さな声でさえぎられ、わたしは口をつぐんだ。

「ごめん由加利、今はまだ、そういうこと考えられない」

桔平はもう、スマートフォンも桜も見ていなかった。

「やだ、深刻に受け取らないで。話の流れで言っただけだから」

「うん」

「……でもほら、わたしも来年三十だから、何となく考えてるのよね、一応。きっちゃんは、考えないの、将来のこと」

「……考えないことはないよ。でもまだ、……自信がないんだ。ごめん」

「ううん、わかってる」

わかってなど、いなかった。まったくわかってなどいなかった。

「来年さ、せっかくお重を作るなら、どこかもっと広々として、人混みのないところで花見をしようよ」

桔平が、唐突に言った。

「そんなとこ、ある？」

「あるよ」

「どこに？」

「内緒」

「どこ、教えてよー」

「来年、教えるよ」

来年、教える？　わたしは幻のその横顔に、口中のシャンパンを吹きかけてやりたかった。

買い物から帰ってしばらくすると、ドアホンが鳴った。海原エージェンシーからの、宅配だった。厚紙でできた封筒を開けると、中から桔平の携帯電話と健康保険証、それに書類が出てきた。

『川原由加利様
この度は、ご利用ありがとうございました。お預かりしていたものと、請求書をお送りいたします。

同封の書類は、小出さんの携帯電話の通話記録です。健康保険証は思ったとおり偽造品でしたが、これを使って携帯電話を契約されていたので、照会することができました。見ていただければわかりますが、彼の通話相手は、川原さん以外には、レストランや宅配ピザ屋などしかありません。

携帯電話の契約日は、二〇一二年一月三日。プリペイド契約です。

パスコードは〝０１０８〟です。こちらでは、中は開けておりません（すでに電池も切れております)。

以上は、金曜日に打ち切りを言い渡される前に、すでに調査していたものですので、申し訳ありませんが、調査費に含ませていただいております。

お困りごとがございましたら、ぜひまたご利用いただけますよう、宜しくお願い申し上げます。

海原エージェンシー代表　海原匠《たくみ》』

同梱されていた透明のジップロックから、携帯電話を出した。リビングのキャビネットから充電コードを出してつなぎ、ソファーに座って電源を入れる。『０１０８』と数字を打ち込むと、難なくロックが解除された。

メールボックスを開くと、受信箱にも送信箱にも、わたしのアドレスだけがずらっと並んでいた。電話の着信も発信も、わたしの名前だけが並んでいた。アドレス帳を開けてみると、たった一行、わたしの名前があるだけだった。まるで桔平の世界には、わたししか存在していないように見える。しかしそれは、大嘘だ。

画像フォルダを開くと、チョコレートケーキを前に、二人並んでふざけたポーズをとって写したものが現れた。今年のバレンタインデーに、わたしのスマートフォンで撮って送ってやったものだった。

「馬鹿みたい」

そう口走ると、胸が詰まった。それは桔平に対する怒りでも悔しさでもなく、自分に対する情けなさだった。こみ上げてくるそれを、ゆるんだ蛇口を無理やり締め上げるようにしてこらえ、次々と画像を繰った。彼はめったに写真を撮らなかったので、どれもこれもわたしが送った、見覚えのあるものばかりだった。

一分もしないうちに、はじめて二人で食事をしたときの一枚にいきついた。恵比寿の小料理屋のカウンターで、店の人に撮ってもらったものだ。

「先に言っときますけど、わたし二十四歳です。あ、もっと若く見えるとかそういうの、いりませんから」

「大学生の妹と二人暮らしなんで、まったく男っ気なしです。妹のチェック、厳しいったらないんです」

「好きなものは、日本酒と赤ワインです。えっ、食べ物？　やだあ！　じゃあ、蕎麦と鰻。もう手遅れか」

何を話しても、桔平は静かに微笑みながら、肩を揺らして笑ってくれた。

「ちょっとは女子っぽいこともアピールさせてください。ええとね、わたし、白いチューリップが好きなんです。福岡の実家の庭に、春になると、母が育てた色とりどりのチューリップが咲いて。中でも白いのは、母が『花嫁さん』って呼んでかわいがっていたから、わたしも大好きだったの。ね、かわいい話でしょ？　わたしと妹が大きくなって家を増築したとき、その花壇をつぶしちゃって。すごく悲しかったな」

「かわいいね」

横を向いたまま、照れくさそうに桔平は言ってくれた。

画像のわたしはグレーのベレー帽に、くすんだ紫色のセーターを着ている。コーディネートを決めるのに、三日もかかった。桔平は白いボタンダウンのシャツに、紺色のカーディガン。虎ノ門で出会ったときも渋谷で再会したときも、くたびれた格好をしていたので、この日は内心驚き、そして気持ちがはずんだ。

「嘘つき」

桔平を、爪ではじく。

画像はまだ、残りがあった。この先は、わたしの知らない桔平だ。そう思いながら開いた次の一枚は、以前に見せてもらった、美しい砂浜と海の風景だった。そして次は、夕陽と灯台のシルエット。桔平の原稿に出てくるシーンそのままに思える。

次の一枚を開くと、それは、みごとな桜の木の画像だった。一本だけで、周りは木々と草はらが囲んでいる。

「どこかもっと広々として、人混みのないところで花見をしようよ」

桔平の言葉がよみがえる。

画像はそれでしまいだった。わたしは携帯電話をテーブルに置き、もう一度海原からの手紙を読んだ。

「契約日は、二〇一二年一月三日……」

二〇一二年一月といえば、恵比寿で会った頃だ。そういえば桔平はその前に、携帯が壊れていると言って、公衆電話からわたしに電話をかけてきたことがあった。

わたしは自分のスマートフォンを開き、カレンダーアプリを起動した。二〇一二年一月を見る。あった。一月八日日曜日に『小出さん／恵比寿西5：45』と書いてある。

一月八日。携帯電話のパスコードは、0108……。

もう一度桔平の携帯電話を手に取り、桜と、海と、灯台の画像を見た。何度も何度も、繰り返し見た。しかしどこにも、わたしの知らない彼の欠片《かけら》は、写りこんではいなかった。

その晩、久し振りに自炊をして栄養を摂ったあと、わたしは、ダイニングテーブルに載せたままだった枯平のパソコンを、再び開いた。

『第十五章・記憶』

今日は朝から大騒ぎだ。

佑子は早起きして、食材の下ごしらえをしている。僕は少し遅れて起きて、釣り道具の用意をしている。雄太の幼稚園の友達、三家族が集まって、郊外の川辺のキャンプ場で、バーベキューをすることになったのだ。

雄太は昨晩、持っていくおもちゃと菓子を床に並べ、佑子に叱られるまでいじったり眺めたりしていた。友達の一人が連れてくるというゴールデンレトリバーにやるのだと、佑子にねだって犬用の菓子まで用意していた。

「雄太が、犬を飼いたいなんて言い出したらどうしよう」

とうもろこしを切りながら、佑子が言う。

「僕もよく、ねだったよ」

「で、どうしたの」

「友達の家に生まれた子犬をもらって、飼うことになった」

「種類は？」

「雑種。茶色いぶちで、耳が半分折れていて、尻尾《しっぽ》がくるんと丸まってたから、クルンて名前をつけた」

佑子の包丁の手が止まった。見ると、不思議そうな顔で僕を見ている。「どうしたの？」と訊ねると、小さく首を振った。

「ううん。ただ、あなたのこと、何でも知っているつもりでいたのに、まだ知らないことがあったんだなあって、びっくりしちゃった。犬の話、はじめて聞いたから」

「そうだったかな」

記憶できることなどほんのわずかなのに、人は誰かを好きになると、相手のどんなことでも知りたくなってしまう。どうでもいいことも、知らなくてもいいことも。

「ママ、もうお肉焼くの！　僕が焼く！」

雄太が、パジャマ姿で飛び込んできた。

「準備しているだけよ。これからお山に行って、川のところで焼くの」

「川！　僕、たいたい釣るよ」

「いいわねえ、たいたい、何匹釣れるかな」

「いっぱい！　いーっぱい！」

雄太は両手を広げ、飛び跳ねる。

こんな何気ない場面も、あっという間に頭から消え去ってしまうだろう。急に惜しいような気がしてきて、僕は雄太を抱き上げた。

「ようし。たくさん釣って、みんなでたくさん食べよう」

雄太は体をくねらせて、いっぱい、いっぱいと言い続けた。窓を開けると、澄み渡った青い空が広がっていた。

＊10

「綾子、お願いがあって電話したの」

翌月曜日の早朝、わたしは中目黒駅のホームから綾子に電話をかけた。昨晩のうちにかけなかったのは、あれこれ詮索されたくなかったからだ。この時間なら、彼女も出勤準備で忙しいはずだった。

「どうしたの、メールに返信もよこさないで。心配してたんだよ」

いつも出張のときに使っているキャリーバッグのハンドルに、爪を立ててコツコツ音を立てながら続ける。

「ごめん。理由は聞かないで欲しいんだけど、わたし、水曜日まで会社を休む。インフルエンザってことになってるなら、そのくらいまではいけるでしょ」

「ええっ。そりゃ、いけるかもしれないけど……」

「木曜日には、必ず出社する。だから、部長にうまく言っておいて欲しいの。お願い」

電車到着の、構内アナウンスが流れた。

「由加利、どこか行くの」

「ちょっとね。心配しないで」

小さい舌打ちと、大きな溜息が聞こえた。

「……わかった。あ、ところでわたし、昨日、夫に浮気のことを問い質しちゃった」

「えっ、それで？」

「顔を真っ赤にして、全否定した。だからそれ以上、何も言ってない」

「そんなので、いいの？」

「さっき彼、ずっとしてなかった結婚指輪をはめて、仕事に行ったの。それを見たら、笑っちゃった。だからもう、忘れる」

「そう」

「由加利、どこに行くか知らないけど、お土産はいらないからね。気をつけていってらっしゃい。いや、お大事に」

わざとらしい言い方は、わたしを笑わせる。

「ありがとう」

電話を切り、通勤ラッシュ前の日比谷線に乗り込んだ。

東京駅から新幹線のぞみ号博多行きに乗り、指定席に落ち着くと、わたしはキャリーバッグから桔平のノートパソコンを取り出し、膝の上に載せた。この旅が終わるまでに、読み終えられるといい。そう思って持ってきた。

福山駅で山陽本線に乗り換え、尾道《おのみち》駅で降りたのは、ちょうど昼どきだった。出張で広島市には来たことがあるが、尾道ははじめてだ。

駅構内の案内所で、観光マップをいくつか手に入れながら、カウンターにいた女性職員に訊ねる。

「離島へは、どう行くのが一番簡単でしょうか」

「どの島に行かれるんですか」

「なるべくたくさんの島を、見に行きたいと思っているんです」

「バスもフェリーもありますけど、あちこち回られるなら、車が便利だと思いますよ。しまなみ海道で、島をいくつも通って四国の今治《いまばり》まで渡れますし。それに、島の中は、バスもタクシーも少ないですから」

バスやタクシーでは埒《らち》が明かないだろうことは、田舎育ちなのでわかる。

「車……レンタカーは、ありますか」

「ここにはないんですが、バスで新尾道駅まで行けばあります」

「わかりました。あ、ちなみに……」

わたしは、持ってきていた桔平の携帯電話を開き、相手に向けた。

「この灯台を探しているんですが、どこのものかわかりますか？」

「しまなみ海道沿いの島ですか？」

「いえ、瀬戸内の島としか、わからないんです」

「影だけじゃ、なんとも」

昨晩、インターネットで「瀬戸内、灯台」と画像検索をして、ディスプレイにずらっと並んだ似たような白い外壁の灯台の画像に、めまいを催したばかりだ。地元の人ならもしやわかるのではと思ったが、甘かった。

「そうですよね。……あの、もうひとついいですか、この人、見たことありませんか」

わたしは今度は、自分のスマートフォンの画像を見せた。一年前の、花見の写真だ。

「いいえ」

女性職員は、いぶかしげな顔で答えた。

教えてもらった乗り場から、路線バスに乗り込む。乗車口は後部で、整理券を取る。わたしの田舎もそうだったので、懐かしかった。母は車の免許を持たなかったので、小さい頃、父が仕事でいないときには、よくバスを使った。床屋に行くのも、眼医者に行くのも。桔平も、そうだったのだろうか。

駅のロータリーから出ると、バスは狭い道路を器用に進んでいった。高層建築物のない、どこか懐かしいような古い街並みの中に、気がつくと桔平の姿を想像している。まだ何も手掛かりはないのに、広島に着いてから、どこもかしこも彼の足跡が残っているような気がしてならなかった。

十五分足らずで、新尾道駅に着いた。降車時、運転手に桔平の画像を見せて「この人知りませんか」と言うと、一瞬びっくりしたような顔をして、首を横に振った。

尾道駅とは違い、あたりは殺風景で味気ない。人の姿もまばらだった。わたしは駅前に二軒並んだレンタカーショップの近い方へ入り、普通車を借りた。受付の若い女は、わたしのゴールド免許証を見て安心したかもしれないが、実際は数年に一度、福岡に帰省した折り父の車を少し運転する程度で、前回はいつだったか思い出せぬほど、経験は浅い。

契約を済ませたあと、男のスタッフに案内され、車の傷をチェックし、カーナビゲーションの使い方を教えてもらうと、わたしは運転席へ座り、シートベルトを締めた。

「お気をつけて」

にこやかに見送ってくれた彼にも画像を見せたが、枯平のことは知らなかった。

おそるおそる車を発進する。ゆっくりと、閑散とした駅前のロータリーを回る。落ち着いて運転すれば大丈夫だと自分をはげましながら、大通りへ出る前に、一度車を脇へ寄せた。

地図を広げ、スマートフォンの地図アプリを開き、事前にチェックしておいた灯台の位置に赤ペンで印をつける。これから向かうしまなみ海道のエリアは六か所だから、今日中に回れるだろう。

「よし」

大きな声で言い、交通量の激しい大通りに出た。

ところが、カーナビの指示通り進み、しまなみ海道の入り口を入ったところで、わたしははじめて、その道が高速道路であることに気がつき、背筋を凍らせた。高速道路を運転したことなどない。料金所のゲートで『ETC専用』と『一般』とあるのを、どちらに行けばいいのかさえすぐに判断できず、まごついた。

しまなみ海道に乗ってからも、両手にびっしょりと汗が滲み、ハンドルがすべった。慌てて腰を浮かし、体を前にのめらせて、ハンドルにしがみついた。激しいクラクションが鳴り、大型トラックが追い越し車線を疾走していく。速度メーターを見ると、わたしの車は時速六十キロを行ったり来たりしていた。左右に美しい景色が広がっているが、そんなものを見る余裕もない。

灯台のある島の中で一番遠い大三島《おおみしま》まで行き、戻りながら順に回るつもりだったが、そんな余裕はなかった。とにかく早く高速を下りよう。そう思っている頭の上を、最初の島である向島《むかいしま》インターチェンジの標識が飛んでいき、どっちに行けばいいのかと迷っているうちに、通り過ぎてしまう。次の因島《いんのしま》北インターチェンジも同様に通り越し、三つ目の因島南インターチェンジで、やっと下りることができた。

車を駐め、エンジンを切って、胸の鼓動が治まるまでじっとしていた。人心地がつき、バッグからペットボトルの水を出してひと口飲むと、朝から何も食べていない腹が鳴った。おにぎり一個でいいから食べたいと思っても、右手には海、左手には草はらと、ぽつぽつと民家があるだけだった。しかたなく、バッグのポケットに入っていたガムを口に放り込む。

カーナビに、この島にある灯台の名を入れた。地図を見ると、車は逆方向を向いている。わたしはエンジンをかけ、後方を確認してから、車をUターンさせようとした。そして、車体が百八十度回転した瞬間、耳障りな金属音とともに大きな衝撃を受けた。同時に、体ががくんとはずむ。ブレーキを踏み込みながら、血の気が引くのがわかった。

外に出て見ると、左の前後輪両方が、側溝に落ちていた。

「大丈夫かい」

通りがかりの軽トラックが止まり、男が声を掛けてきた。にやにや笑う顔が疎ましく、

「大丈夫です」

と横を向いたまま言うと、黙って去って行った。

しかし、大丈夫なはずはない。こういうとき、何の業者を呼べばいいのか、わたしはそんなことも知らなかった。

運転席に戻り、とにかくネットで調べようとスマートフォンを手にするが、指が震えてうまく操作できない。顔を上げれば、おだやかな海がまるでわたしを馬鹿にしているように見える。無性に腹が立ち、ダッシュボードの上に置いてあった観光マップをつかみ、丸めて自分の額を叩いた。

馬鹿、馬鹿、馬鹿。来週には三十歳になるというのに、会社では誰にも負けないとえらそうに振る舞っているくせに、わたしは何をやっているの。

そのとき、運転席の窓ガラスが、コンコンとノックされた。見ると、先ほどの軽トラックの男だった。

「引っ張ってやるよ」

作業着姿の男の後ろから、若い女が顔を出した。

二人は、近くにある製塩工場の従業員だと名乗った。

「ご旅行ですか？」

「旅行者らしい綺麗な女の人が、側溝にはまってたから声を掛けたのに、迷惑そうにされたよって事務所で話したら、そりゃああんたみたいな怪しい男に声掛けられたら、誰だって迷惑するわって、こいつに言われて」

男はそう言って笑いながら、車にワイヤーを取りつけた。

「すみません。そういうつもりじゃなかったんですけど……」

「どうせこの人、にやついて話しかけたんでしょ、目に浮かぶわ」

「うるせえなあ。さ、引くぞ」

口ではそう言いながら、男はどこか嬉しそうな顔で、軽トラックに乗りこんだ。

しかし、車は脱出できなかった。

「タイヤが二つはまっちゃってるからなあ。ジャッキもかませられないし、こりゃあ、レッカー呼ぶしかないよ。JAFとか入ってる？」

「いいえ。この車、レンタカーなんです。とりあえず、レンタカー会社に連絡してみます。お仕事中なのに、ありがとうございました」

頭を下げると、

「困ったときは、お互いさまさ」

男は言って、手を上げた。

軽トラックに向かいかけた二人を呼び止め、わたしは彼らにも、桔平の画像を見せた。

「知らないわねえ、リュウジ、どう？」

スマートフォンをわたしの手から奪うようにして取り、しばらく一人でじっくりと見たあと、女が男にそれを向ける。

「見覚えねえなあ。俺らなんかより、『マサコ』で訊いたほうが早いよ、色んな人が来るし」

「そうだ。そのほうがいいわ」

二人は、近くにあるという居酒屋の場所を、懇切《こんせつ》丁寧に教えてくれたあと、帰っていった。

レンタカーショップに電話をすると、警察を呼んで交通事故証明書を取るよう言われた。レッカー車などの代金は、当然ながら自己負担だ。車を引き上げたあと、それが自走するかしないかで、また対処が変わるとか、あれこれ何か説明をされたが、頭がぼうっとしてよく覚えていない。何もかも、どうでもよくなってきてしまった。

警察の処理と車の引き上げと、すべて終わった頃には、もう日が落ちかけていた。

車はバンパーの左側を傷つけただけで自走できたが、もうハンドルを握る気になれず、レッカー車でそのままレンタカー会社へ運んでもらった。

『マサコ』の暖簾をくぐると、L字型の木製カウンターに、男たちが七人、すべての席を埋めていた。

「いらっしゃい」

カウンターの中には、島の人らしくない色白で細面《ほそおもて》の、五十代とおぼしき女性が入っている。

「いっぱいですね」

「おお、あんたか、入れ入れ。おい、誰か立て」

手を上げたのは、先ほどのリュウジと呼ばれていた男だった。

「いいわよ、詰めればもうひとつ置けるから、はいこれ」

女将《おかみ》が、カウンターの中から椅子をひとつ出して、リュウジに渡す。周りの男たちが、半分腰を浮かして自分の椅子を引きずって移動した。

「すみません」

わたしは、リュウジの隣に置かれた椅子に座った。

「何にします?」

おしぼりと割箸を置きながら、女将が言う。

「じゃあ、ビールください」

「はい。話、聞いたわよ。車、大変だったんですって?」

「ああ、はい。そうなんです」

「どちらから?」

瓶ビールを差し出され、グラスで受ける。

「東京です」

「一人で?」

「はい」

「へえ、いいじゃない、哀愁があって。リュウジに引っかかっちゃ、台無しだけど」

周りがどっと笑う。

「人聞き悪いこと言わないでくれよ、ママ。俺は人助けをしたんだよ」

「へえ、あんたの中じゃ、ナンパって人助けなんだ」

また笑いが起きる。

わたしもつられて笑いながら、頭がくらくらするのを感じていた。朝から何も食べていないのだ。目の前には、地元で取れたものだろう、干物や煮魚、野菜の煮つけなどの大皿が並んでいる。わたしはそこから、女将に勧められるままに三品を頼んだ。

「そういやあんた、人探しのこと、ママに話すといいよ」

二本目のビールが終わる頃、リュウジが思い出したように言った。

「ああ、あれ。もういいんです」

男たちと女将のやりとりに爆笑していたわたしは、そのままずっと、何もかも忘れて笑っていたかった。

「彼氏じゃないの？」

「ううん、ただの知り合い」

「お、じゃあフリーか、由加利ちゃん。今夜部屋に行っちゃおっかなあ。どこ泊まってんの」

「馬鹿。あんたもうすぐ赤ん坊が生まれるんだろ、いい加減にしな」

女将に一喝され、リュウジがしゅんとする。

「えっ何、あなた奥さんがいるくせに、それを隠してわたしをどうにかしようとしてたの。ひどい。最低。ママ、お酒ください。日本酒。冷やで」

「いや、だってさ、こんな綺麗な女性が現れたら、むらむらっとこない男のほうがどうかしてるぜ、だろ、みんな、むらむらするだろ？」

「むらむらしたっていいわよ。そりゃわたしはいい女だもん、むらむらするでしょうよ。でもね、奥さんがいることを隠して、人をだますことは許せない。わたしにも奥さんにも、そんな失礼なことってない！」

自分でも驚くほどの大声が出て、店は静まりかえった。

「……で？　人探しって、誰なの。見せてみなさいよ」

女将の声で、凍った空気が溶ける。

わたしはスマートフォンを取り出し、桔平の顔を彼女に見せた。

「ただの知り合いです。ちょっとわけがあって、素性を調べているんです。このあたりの離島の出身らしくて」

「ふうん、わたしはこの人のこと知らないけど、店には結構色んな人が出入りするから、聞いといてあげるわ。画像、転送できる？」

「あ、はい」

「お、じゃあ俺にもメールアドレス……」

「馬鹿！」

女将とわたし、同時に声が出て、再び店が笑いに包まれた。

したたかに酔って、わたしは近くにとった民宿に戻った。

八畳一間の侘しい和室に、布団がひと組敷かれている。備えつけのお茶を淹れ、帰り道に自動販売機で買った缶ビールのプルタブを開けた。テレビをつけ、それを眺めながら、お茶とビールを交互に飲んだ。

本当なら、今頃は四つの島を回って六つの灯台を見、尾道か呉《くれ》で宿泊しているはずだった。そうして明日は呉から、安芸灘《あきなだ》とびしま海道を回るはずだった。それがこの体《てい》たらくだ。海原は、準備がなければ景色を見て帰るだけだと言っていたが、わたしは景色さえも見ていない。

テレビを消し、座卓の上のスマートフォンを手に取って、電話をかける。呼び出し音二回で、相手は出た。

「……はい？」

「海原さん」

「もしもし？　川原さんですか？」

「そうでーす。わたし今、どこにいると思います？」

「……酔ってます？」

「酔ってなんか、いません。少し飲んでますけど」

「ああ……。ご用は何ですか」

「ご用はぁ、わたしが今いる場所に、関係がありまーす」

「参ったな。どこにいるんです」

「因島」

「因島？　瀬戸内のですか」

「そうですよ」

「どうしてまた、そこに？」

「わたし、桔平が生まれ育ったところが広島県だってことを、つきとめたんです」

「広島？　なぜわかったんですか」

「彼の小説です。あの中に、男の子が『たいたいを釣る』って、言ってるところがあったでしょう」

「あったかな」

「あるんです。わたし、それがどうも引っかかって、調べたんです。そうしたら、広島の子供が使う方言で、魚のことだったんです」

「方言！　よく見つけましたね」

「それで、広島県から行ける範囲の瀬戸内海の島にしぼったら、二泊三日で何とか、そこにある灯台を全部回れるかなって」

「灯台って、前に言ってた、蠟燭みたいな灯台のことですか？」

「そうです。写真は逆光のシルエットだけど、行けばきっとそれだってわかる。自信があるんです」

「あんた、大したもんだよ」

「なのに……」

「もしもし、川原さん、どうしました」

急に悔しさがこみ上げ、嗚咽を止めるまでに時間を要した。

「ごめんなさい。レンタカーを借りるまではよかったんですけど、わたし、今までまともに運転したことがなくて、色々失敗しちゃって、何だかもう、どうでもよくなっちゃって」

「そんな弱音、川原さんらしくないじゃないですか」

「思い知ったんです。何でもかんでも、自分でできるもんじゃないんだって。広島に着いてから、出会った人全員に、路線バスの運転手さんにまで、桔平の顔写真を見せて歩いたのに、何の成果もないんです」

「出会った人、全員、ですか」

「海原さん」

「はい」

「あらためて、調査依頼できませんか」

「……わかりました。そこまでお調べになったなら、現地に行く価値がありますよ。今から車で出ます。飛ばせば朝には着くでしょう。宿の名前を教えてください。それから、空いていたら部屋も取っておいてください」

「えっ？　車でですか」

「今調べていますが、飛行機は明日の朝一が取れるかどうかわからないし、新幹線は朝一に乗っても福山に九時半、因島に着くのは十時過ぎでしょう。車なら最短九時間ですから、今から出れば、朝八時過ぎには着く計算だ」

「でも……」

「二泊三日のうち、もう一日使っちゃったんでしょう。一分も無駄にできないじゃないですか。準備して、すぐに出ますよ。実は今、大した仕事がなくて、日中たっぷり昼寝したんです」

「……ありがとうございます」

「ちょっと、惚れましたよ」

「え?」

「川原さんのその、熱意に。さすが、ウーマン・オブ・ザ・イヤーだ」

朝八時半、朝食を食べ終えると同時に、電話が鳴った。海原かと思って出ると『マサコ』の女将だった。

「起こしちゃった?」

「いいえ、大丈夫です。昨日はどうも」

「こちらこそ。それでね、実は昨夜、あなたが帰ったあとに、あの写真に似た人を知ってるっていう人が来たのよ。漁協の人でね、昔働いていた人に、似てるんですって。昨日のうちに電話してもよかったんだけど、その人、かなり酔ってたから信用できなくてね。それでさっき電話して、もう一度確認したの。そうしたら、間違いなく似た人を知ってるって。連絡先を言うわよ」

スマートフォンを持つ手も、ペンを持つ手も、両方震えた。

すぐに出掛ける準備をし、玄関先で民宿の主人に漁協への行き方を聞いていると、海原だった。本当に、九時前に到着したのだ。すぐに朝の情報を伝えると、彼はお茶を一杯飲んだだけで、早速その漁協へ行こうと車を出してくれた。

「ややあ、川原さん」

「漁協か。ああいうところには、季節労働者なんかが出入りするんですかねえ」

わたしには、海や市場で働く枯平など、とても想像できない。しかし、小さな手掛かりでも今は欲しかった。

島は、今日も綺麗に晴れ渡っていた。海もおだやかで、時間がゆったりと感じられ、ここ半月のできごとが、すべて夢なのではないかと思えてくる。

やがて車は海沿いの道を離れ、なだらかな山道へ入り、それを越えて再び海辺に出ると、間もなく目的地に着いた。

脇の空き地に車を駐め、二人で漁協の煉瓦色の建物に入る。事務机が並んだ室内には、紺色の制服を着た女性が一人いるきりだった。用件を言うと、ここで待つよう言われ、しばらくすると、太鼓腹の中年男が白いゴムエプロン姿で現れた。

「川原です」

「ああ、マサコママから聞いてます。昨日見せてもらった写真のことでしょう。あれね、以前ここでアルバイトをしていた、トシってやつに、よく似てるんですよ」

「トシ?」

「ええ、そう呼ばれてました」

「本名は、わかりますか」

海原が訊ねる。

「いやあ、覚えてないなあ。一年もいなかったしね。あ、こいつも覚えてるんじゃないかな。おい、覚えてるだろ、トシ。お前ちょっと、気に入ってたもんな」

仕事をする振りをして、ちらちらこちらを見ていた事務員の女に、男が言う。

「気に入ってなんかないわ、あんなん」

頬をふくらました彼女に、わたしはスマートフォンの画像を見せた。

「ほら、な。これトシだろう」

「ああ、本当だ、トシさんに似てる。ちょっと待って、あたしトシさんの画像を持ってるかも」

彼女は、自分のスマートフォンをいじり始めた。

「トシさんはいつ、ここにいたんですか」

わたしは訊ねた。

「いつ頃だったかなあ。だいぶ前ですよ。東北の大震災よりは前だね」

計算が合う。

「あった。これです」

事務員がこちらに向けて見せたのは、ピンぼけした画像だった。男女が二人ずつ夜道に立っているが、一番右端にいるのが、確かに桔平に似ているような気もする。

「どうです?」

海原が言う。

返事の代わりに、わたしは訊いた。

「これはいつ、どこで撮影されたものですか」

「七年前の、忘年会の帰りです。あたしこの翌年に結婚したから、よく覚えてるんです。その左端が、旦那」

「もう少しはっきり写ったものは、ないですか」

事務員は、首を振った。

「子供が生まれたとき、古い画像をずいぶん捨てちゃったんですよ」

「履歴書や、勤怠記録は残っていませんか。名前だけでもわかれば」

海原が訊ねる。

「すいません、うち、退職後五年経ったものは、全部処分しちゃうんです」

うーん、と海原はうなった。

「この人、ここを辞めてからどこに行ったか、知りませんか。あるいは、どこからこの会社に来たか」

「知らないなあ。何だか流れ者みたいな感じだったよ」

ゴムエプロンの男は、仕事に戻りたそうな仕草を見せた。

「あ、造船所かもしれない」

自分のスマートフォンを眺め続けていた事務員が、顔を上げて言った。

「造船所？」

「ええ。魚より船造るほうが実入りがいいから、そっちに行きたいって、言ってたような記憶があります。知り合いがいるから、紹介してもらうとか何とか」

「この島の、造船所ですか」

「さあ、そこまでは」

礼を言って建物を出ると、海原がパン、と両手を打って鳴らした。

「さあて、手当たり次第に、造船所を回るか」

「どうしたんですか、海原さん」

「え？」

「この前は、調査に反対していたのに」

「さあ。自分でもわからないんですよ。川原さんの熱意が、移ったのかもしれないな」

わたしたちは、島にある四つの造船所をすべて回ったが、桔平も「トシ」という人も、知っている人には出会えなかった。途中食堂で昼ごはんを食べ、生口島《いくちじま》、大三島と足を延ばした。

そしてちょうど十軒目、日が暮れ始めたのでこれを最後にしようと行った、伯方島《はかたじま》にある工場でのことだった。

着いたとき、工場から終業を伝えるチャイムの音が聞こえてきた。通用門の前に車を駐め、外に出て待っていると、やがて作業服の工員たちが、ぞろぞろと出てきた。わたしたちは、手当たり次第に声をかけ、桔平の写真を見せた。「トシ」という名前も出した。

すると、一人の小太りの男が、

「ああ、トシ」

と言ったのだ。

海原も聞きつけて、すぐに寄ってきた。

「知ってるんですか、トシって人のこと」

「ああ、知ってるよ。もうすぐ来るんじゃないかな」

「え？」

「トシだろ？」

「ええ」

「ああ、来た来た、おおい、トシ、お客さんだぞ」

わたしも海原も、口を半開きにして立ち尽くしていた。

通用口から出てきたのは、確かに髪型や骨格は似ていると言えなくもない、しかしわたしにしてみたら、桔平とは似ても似つかぬ男だった。

「どうも、どちらさまですか」

「あっ、あの、あなた、以前に因島の漁港で働いていらっしゃった、トシさんなんですね？」

もうそんな必要はないのに、あたふたと名刺を渡している海原を見ているうち、わたしの中で、何かがぷっつりと切れた。とたんに、腹の底をくすぐられているような感覚に、笑いが止まらなくなってしまった。

「ええ、そうですが。どうして知ってるんです」

トシは、げらげらと笑うわたしに眉をひそめ、海原は「人違いでした、すみません」と、わたしの無礼の分まで深く頭を下げた。

真っ暗なしまなみ海道を、因島まで戻った。どこかの灯台の光が、すっと射すのが見える。

「灯台を回ったほうが、よかったかもしれない」

わたしが誰にともなくつぶやくと、

「今日一日したことは、無駄じゃありませんよ。調べるべきことをひとつ、完遂したんですからね。調査っていうのは、こういう地道なものなんです」

低い声で、海原が言った。

その日も、夜は『マサコ』へ行った。わたしが海原と一緒なのが気に入らないのか、リュウジは終始不機嫌だったが、女将は海原が気に入ったらしく、昨晩よりも饒舌《じょうぜつ》だった。

「悪かったわね、由加利ちゃん。期待させて、違ったなんて。無駄骨折らせちゃって」

「いいえ。無駄骨なんかじゃありません。調べるべきことをひとつ、完遂《かんすい》できたんですから。調査というのは、地道なものなんです」

言うと、隣で海原が吹き出した。

「大切な人なのね、あの写真の彼」

女将は言い、酒をお酌してくれた。わたしは、返事ができなかった。

「なんだよう、彼氏じゃないって言ってたの、嘘だったのか」

リュウジが、据わった目をこちらに向ける。

「嘘じゃないわよ。昔はそうだったけど、今は違う。あの人はわたしの……何でもない」

言い返して、注《つ》がれたばかりの猪口《ちょこ》の中身を呷《あお》ると、女将が再び徳利を差し出し、

「その人が自分の何だろうが、関係ないわ。大切っていうのは、想う気持ちのことだもの」

誰に言うでもなく、つぶやいた。

わたしは両手で酒を受けながら、自分の中に満ちている、桔平を感じていた。


『第二十四章・家』

バスを降り、暗い夜道を歩く。どこの家からも、温かい灯りが漏れている。僕の家がある小高い丘にも、星のように点々と灯りが瞬《また》いている。そのうちのひとつが僕の

帰りを待っていると思うと、一滴も残っていないように思われた力が再びみなぎってきて、僕の足取りを軽くする。

雄太はきっともう、眠ってしまっている。佑子も一緒に寝入っているかもしれない。それでもキッチンのテーブルには、ご飯茶碗と箸、ラップをかけて電子レンジに入ればいいようになっている主菜の皿が置かれ、ガスコンロには味噌汁の入った鍋が載っている。冷蔵庫には冷えたビールが入っているし、風呂も沸いている。

僕は星々の中から、その灯りを見分ける。夜風が、夕餉《ゆうげ》の匂いと雄太の笑い声を運んでくるような気がする。

やがて坂が急になり、僕は息を上げて進む。そばに海がない代わりに、よい景色の家に住みたくて、決めた家だった。坂道を毎日通勤するのは大変だと佑子は言ったが、それよりも僕は、毎日庭やベランダから広々とした景色を、彼女と雄太に眺めて欲しかった。

仕事中に想像する二人は、いつも庭にいた。洗濯物を干す彼女と、蝶を追いかける雄太。草木に水やりをする彼女と、水のアーチをくぐって遊ぶ雄太。蔓薔薇《つるばら》の咲く塀越しに近所の人と話している彼女と、シャボン玉を飛ばしている雄太。

家の門が見えてくる。ピンク色の蔓薔薇のアーチが、薄暗い街灯の光を受けて浮かんでいる。鉄の門扉を開ける。休日に出掛けるとき、雄太は必ずそこに足をかけて乗り、動かしてくれとせがむ。佑子は危ないからやめろとうるさいが、僕はやってやる。雄太は歓声をあげて、もっともっともっとと言う。

玄関に行く前に、庭に入ってリビングの窓を覗く。カーテンの隙間から、中が少しだけ見える。床には雄太が遊んだ積み木と、お気に入りの絵本が出しっ放しだ。きれい好きできっちりした性格の佑子も、雄太のパワーには敵《かな》わないのだ。そう思うと、自然と微笑んでしまう。ダイニングテーブルには、いつものように、茶碗と汁椀、箸、グラス、そしてラップのかかった皿が載っている。

玄関の鍵をそっと開け、僕は家に入る。ネクタイを取って上着を脱ぎ、ガスコンロに火をつけて、皿を電子レンジに入れてスイッチを押す。冷蔵庫から冷えた缶ビールを出し、テーブルに着いてグラスに注ぐ。雄太が遊んで散らかした跡を眺めながら、半分ほどを一気に飲む。足に何かぶつかるので覗いてみると、赤い三角形の積み木だった。拾い上げ、鼻先に持ってくると、雄太の匂いがした。さんざん舐めたりかじったりしたのだろう。それをグラスの横に置き、ビールを注ぎ足す。

食べ終える頃、

「お帰りなさい」

気《け》だるい声がして、佑子が首筋を揉《も》みながらリビングに入ってくる。

「寝ていればよかったのに」

僕は、食器をシンクに運びながら言う。

「うん、でも、会いたかったから」

「え？」

「あなたに、会いたかったから」

言いながら、床の積み木を拾い始める。

「だったら、そんなことは明日にして、座りなよ」

「うん、そうだね」

彼女は言って、僕の前に座る。とろんとした目は、今にも眠ってしまいそうだ。

「ビールでも、飲む？」

「ううん。何もいらない」

「今日は、どうだった？」

「蟻《あり》んこを追いかけてたわ。玄関のポーチから、庭の端っこまで。それで、最後に踏んづけちゃったのよ、あの子」

「雄太のことじゃなくて、君のことだよ」

「あ……」

僕らは静かに笑い合う。

「それで、蟻は死んだの？」

「死んだ。わたしびっくりしちゃって、つい雄太を大声で叱っちゃったの。あの子は意味もわからず泣いて、かわいそうなことをしちゃった。命のことを教えようと思ったんだけど、まだ無理よね」

「そりゃそうだ」

「ねえ、あなたは死ぬってこと、いつ知った？」

「さあ、覚えていないなあ。子供の頃に住んでいた離島では、親父はたった一人の医者だったから、何人もの最後を看取ったんだ。僕も立ち会ったことがあるから、物心がついたときには、自分もいつか死ぬってわかってた」

「怖かった？」

「怖かった。すごく怖くて、毎晩泣いていた時期があったよ。そのたびに母さんが、『わたしとお父さんのほうが先に死ぬから、大丈夫よ』って言うんだ。何が大丈夫なのかわからないけど、そう言ってもらうと、なぜか安心したな」

「わたしはね、高校生のときにお祖母《ばあ》ちゃんが亡くなるまで、死ぬってことがよくわかってなかったの。もちろん、生き物がみんな死んでしまうことは知ってた。でも、それがどういうことなのか、わかっていなかったの。だから、小学生のとき、仲良しの友達がペットの犬を亡くしても、中学生のとき、同級生が事故で死んでも、泣くことができなかった。周りで友達が、目を真っ赤にして肩を揺らして泣きじゃくっているのに、わたし一人だけ、ぼうっとしていたの。そのとき、冷血人間ていうあだ名がついて、いじめられたこともあった。でも、わたしにしてみれば、自分の家族でもない人が死んだのに、あんな風に器用に泣いて見せる人たちが、不思議で、怖くてたまらなかった」

「お祖母ちゃんが亡くなったときに、はじめて人の死で泣いたの？」

「うん。でもそれも、お祖母ちゃんの死を悼んでじゃなくて、お母さんや伯母さんたちが泣くのをみて、それがかわいそうで、もらい泣きしたの」

「そうか」

「だからわたしは、本当に冷血人間なのかもしれないと思う」

僕は彼女の手を握った。

「冷血人間さん、体が冷えきってるよ。一緒に風呂に入って、温まらないか」

彼女は目を見開いて、はじけるように笑った。

二人で風呂に入るのは、新婚時代以来のことだった。あの頃、妖しく僕を誘った真っ白な肌は、今も変わらず白く美しかったが、滲み出るのは艶《なま》めかしさではなく、安らぎだった。そして僕は、まさしくそれを求めて、彼女の体を抱き寄せた。

僕らはしばらくの間、湯船の中でくっつき合ったまま、水道の蛇口から滴《したた》る水が、湯に当たる音を聴いていた。

朝、ベッドで目を開けると、彼女が僕を見つめていた。

「びっくりした。おはよう。ずっとそうやって見ていたの」

「おはよう。見てたわけじゃない。わたしもたった今、目が覚めたところなの。アラームをかけ忘れて、寝坊しちゃった」

体を半分起こして、彼女の向こうにある子供のベッドを覗くと、雄太もぱっちりと目を開けて、僕らのほうを見ていた。

「パパ！」

まるで何年も会っていなかったかのような、大きな声をあげる。

「おいで」

僕が呼ぶと、飛び跳ねるように起きて、佑子の腰を乗り越え、僕らの間に入ってきた。

「こら。今日は日曜日じゃないのよ」

彼女は言って、ベッドを抜け出す。時計を見ると、もうすぐ家を出なければいけない時間だ。

「朝食は、いらないよ。途中で何か買っていくから」

僕はキッチンのほうに向かってそう言い、雄太を抱いて起き上がった。

絵本を持ってきて、僕の足元に広げ、読んでくれとせがむ雄太に、適当に物語を聞かせてやりながら、僕は急いで支度をする。キッチンから、電子レンジの音がした。

ネクタイを首に掛けながら廊下に出ると、彼女が、僕の鞄を持ってリビングから出てきた。

「おにぎりを入れておいたわ。梅とおかかよ」

「いいって言ったのに」

「気をつけて」

鞄を僕に渡しながら、僕の手に触れる。

「ありがとう」

玄関で靴を履き、振り返ると、彼女の足にしがみつくようにして、雄太が立って手を振っていた。

いつものように「行ってくる」と言うと、彼女もいつものように「いってらっしゃい」と微笑んだ。玄関ドアを開けると、春のやわらかな朝陽が、彼女の丹精した薔薇たちを、粒のような光で包み込んでいた。

＊11

翌朝、わたしが朝食を食べ終えても、海原は起きてこなかった。夜通し運転したあと、そのまま一日仕事をしたのだ、よほど疲れたのだろう。前日昼寝をしたと言うのも、本当かどうかわからない。

今日は、帰京しなければならない日だった。最終の新幹線には、因島を夕方六時頃出れば間に合うが、もっと早く帰ってもいいと思っていた。桔平の隠したい思いが、わたしを邪魔しているように感じられてならなかったのだ。

三十分ほど、部屋の窓辺で桔平の原稿の続きを読んでいたが、表から鳥の声がするのに誘われて、表に出た。

すぐに、気持ちのいい潮風が頬をくすぐってくる。道路を渡り、堤防を上って、伸びをしながら海を眺める。空気を胸いっぱいに吸い込む。

遠くから、また鳥の声が聞こえた。

「アビという鳥だよ」

桔平の声が聞こえたような気がしたそのとき、道の向こうから、タクシーが来るのが見えた。わたしは考える間もなく、堤防を飛び下り、手を上げてそれを止めた。

「すぐに荷物を取ってきますから、ちょっと待っててください」

運転手にそう言うと、民宿に駆け戻ってバッグを持ち、宿の主人に「灯台を見に行ってくるので、連れが起きたら伝えてください」と告げて、タクシーに乗った。そして、この島にひとつだけある、灯台の名を言った。

二十分ほどで、タクシーは路肩に寄って停車した。目の前に、灯台への道があることを示す、木製の道標があった。

「この先は、車は入れないんですよ」

運転手が、道を指差しながら言う。

「灯台までは、遠いんですか？」

「いや、歩いて七、八分です」

「ここで待っていてもらえますか。灯台を見たら、すぐに戻りますから」

「ええ、いいですよ。そこの駐車場でお待ちしてます」

わたしはバッグを肩に掛け、山道に入った。人気《ひとけ》のない上り坂の視線の先に、華奢《きゃしゃ》な脚で元気よく駆け上がっていく、雄太少年の背中が見えるような気がした。

やがて、木々の間に、真っ白な建物が見えてきた。そちらに向かって延びる木の階段を下りていくと、はらはらと、顔に当たるものがある。見ると、桜の花びらだった。

さらに下りていくと、突然森が切れ、目の前に、大きな桜の木が現れた。海風がそよぐたびに、それが桜吹雪《ふぶき》を起こしている。わたしは胸を高鳴らせながらバッグをさぐり、桔平の携帯電話を開いた。あの桜の木と同じものに見えるのを、違う、違うと言い聞かせ、閉じる。しかし、空に広がるみごとな枝振りを見れば見るほど、あの桜だと確信する。

その先に、そこだけギリシャの街に迷い込んだような、目にまぶしい白い立派な灯台が立っていた。コンクリートの階段を数段上がり、灯台の足元にたどり着く。そこから見える瀬戸内の海は、青を一層濃くして、こちらに迫ってきた。

灯台の回りを、ゆっくりと一周した。視線は、足元だ。鼓動で胸ははち切れそうだった。そうして、見つけたのだ。コンクリートが崩れたところに、石のふたがしてあるのを。

わたしはかがみ込み、ゆっくりと石を取り除いた。そしてこわごわ、暗い穴へ手を差し込んだ。

カツンと、爪が硬いものに当たった。指の腹に、ざらっとしたものが触れた。取り出すと、それはクッキーの缶だった。中を開けると、貝殻、瓶の王冠、ビー玉、シール、そして、家にあるのとそっくりな、超合金ロボットが出てきた。

「きっちゃん！　きっちゃん！　きっちゃん！」

ここだったのだ。桔平は間違いなく、ここにいたのだ。温かな風が、わたしの背中を撫でた。

泣きながら、錆びついた缶を抱えて戻ってきたわたしを見て、タクシーの運転手は車を飛び出した。

「どうしました」

「何でもないんです。綺麗な景色に感動しちゃって」

そうごまかしたが、運転手は帰り道を行く間、ずっとバックミラーでわたしをうかがっていた。

民宿に着くと、すぐに海原の部屋へ飛び込んだ。

「海原さん！」

「ああ、ああ、川原さん！」

遅い朝食を食べていた彼は、わたしより大きな声で叫んで立ち上がった。

「な、何ですか」

「大きな進展です。昨日会ったトシさんから、さっき電話がかかってきたんです」

「造船所の？」

「ええ。震災の前に、僕らと同じように人違いをして、訪ねてきた人があったのを思い出したと言って」

「同じように間違えて？　誰がですか」

「それが、検察官だったそうです」

「検察官？」

「裁判に関わる人物を、探していたらしいです」

「裁判に関わる……」

「おそらくその人物は、何かの事件に関係して、裁判に出廷する必要があったんでしょう。検察が探していたということは、重要な証人か参考人だと思います。川原さん、僕は今日、広島地方検察庁に行ってみますよ。東京の木村にも調べさせていますから、そう時間はかからずに、真相はわかるでしょう」

頭髪が逆立つような感覚を覚え、耳が遠くなった。「川原さん」と肩を揺すられ、はっと我に返る。

「ああ……大丈夫です」

「川原さん、検察がここに探しに来たことと、あなたがここに辿《たど》り着いたことは、偶然とは思えません。その男が小出さんである可能性は、非常に高いと思いますよ」

「ええ。それはもう、わかっています」

「え？」

「これ、見てください」

わたしは、胸に抱いていた菓子の缶を海原に差し出し、ふたに手をかけた。ざりざりっという赤錆がこすれる音がして、ふたが開く。

「ああっ、これは」

「桔平の、宝物です」

「小説に書いてあった、ビー玉、瓶の王冠、それに、超合金ロボット」

「ええ」

「灯台に、行ったんですか」

「ええ。この島が、彼の故郷です」

「あんた、やっぱり凄いや。ウーマン・オブ・ザ・イヤーだわ」

海原が差し出してきた右手を、わたしは強く握り返した。


海原に車で送ってもらい、尾道駅に着いたのは、ちょうど昼時だった。わたしたちはそこで別れ、海原は一人、広島市へ向かった。

福山でのぞみ号に乗り換え、指定席に落ち着くと、わたしは枯平の小説の続きを読んだ。

スマートフォンが鳴ったのは、新横浜を過ぎたあたりだった。海原からのメールで、新幹線を降りたら電話をくれと書かれてあった。

東京駅に着き、すぐに電話をかけると、

「川原さん、何もかも、わかりました」

低く冷たく、しかし明らかに興奮している声が、耳に飛び込んできた。

＊12

いつものように「行ってくる」と言うと、万里子《まりこ》もいつものように「いってらっしゃい」と微笑んだ。

いや、微笑んでいると想像していただけで、僕はその笑顔を見ていない。本当のところ、もうずいぶん長いこと、僕は彼女の顔を見ていなかったのだ。

そしてその日、事件は起こった。

仕事を終え、僕はくたびれきった体を引きずるようにして、バス停まで歩いた。晄《ひかる》が生まれてから買ったミニバンがあったが、日中に万里子が使うため、僕はバスで通勤していた。

彼女の運転で朝は職場まで送ってもらい、帰りも遅くなければ迎えにきてもらっていた時期もあったが、残業が毎日になってからは朝の送りだけになり、やがて子育てが忙しくなると、行きも帰りもバスになった。以前の通勤スタイルに戻っただけだったので、僕にとってそれは苦労ではなかったが、それよりも、日に日に時間の余裕を失っていく万里子が心配だった。

世間では、父親の育児参加の是非が頻繁に話題になっていた。しかし我が家では、万里子は懐妊すると間もなく、自ら望んで専業主婦となり、家のことは彼女、生活費を稼ぐのは僕と、役割が決まっていたので、僕は育児を彼女に任せきりにすることに、負い目を感じることもなかった。

最寄りのバス停で降車すると、近くのコンビニエンスストアに寄り道する。そこで缶チューハイを一本買い、家までの坂道を飲みながら歩くのだ。ほんの五分で自宅に着くから、チューハイはまだ余っている。鉄の門扉を開けると、奥歯に響くような耳障りな音が立つ。頭上には、錆びた鉄をむき出しにしたアーチが、蔓薔薇の枯れた蔓をまとわりつかせている。それが淡いピンクの花を最後に咲かせたのは、いつのことだったろう。

僕は、生え放題の枯れた雑草を踏みしめながら庭に入り、リビングの掃き出し窓の外にある、濡れ縁に腰掛ける。そうして残りのチューハイを、ゆっくり時間をかけて味わうのだ。こんな風に時間を過ごすようになって、一年ほど経っていただろうか。

耳を澄ますと、たまにテレビの音が聞こえたり、万里子が晄に話しかけているのを聞くこともある。しかしたいていは、二人ともすでに寝室にいた。だから、何も聞こえないほうが自然だった。

その日も、家の中はしんと静まり返っていた。晄は神経質で寝つきが悪く、せっかく寝たと思っても、かすかな音で起きてしまうことがあるので、万里子はいつも、寝室のドアを閉めて寝かしつける。きっと今も、そうしているはずだった。

そっと窓にもたれて、夜空を見上げる。晴れていれば、月も星もよく見えた。風が庭の草木を揺らすと、囁くような音があたりを滑らかに走って、僕に島で暮らしていた頃を思い出させた。

とても寒い夜だった。音を立てぬよう家に入って、夕飯のおかずを肴《さかな》に残りのチューハイを飲めばいいと、自分でもわかっていた。しかし、そうしようとはしなかった。これは、僕が家族の元に戻っていくために必要な、儀式のようなものだったのだ。

首をひねって後ろに顔を向けると、カーテンの隙間から中が覗き見えた。床に散らばった積み木と絵本、ダイニングテーブルには大きな土鍋、大、中、小のご飯茶碗と箸。

二人は先に食べ終えているはずなのに、妙だなと思った。あるいは晄が、夕飯を食べる前に寝てしまったのかもしれない。昼寝をしそびれて、夕方早い時間から眠ってしまうことが、これまでにも何度かあった。

空になったチューハイの缶を握りつぶしながら、伸びをして立ち上がった。再び雑草を踏みしめて玄関へ戻り、コートのポケットから鍵を取り出して開けた。廊下の灯りは消えていたが、リビングから漏れてくる光で、奥にある寝室のドアが閉まっているのが見えた。

数センチ開いていたリビングのドアを指で押すと、先ほど窓から見た光景がそのままあった。二人は随分前に寝室へ入ったのか、中は外気と変わらぬほど冷えきっていた。ネクタイをゆるめながら、鞄をソファーに置く。

そのとき目の端が、キッチンの隅で何かが動くのをとらえた。顔を向けると、万里子が冷蔵庫の前で、膝を抱えて座っていた。

「万里子? 何してるんだ、そんなところで」

彼女はチェックのパジャマ姿で、素足《すあし》だった。僕が声をかけても、床の一点を見つめて何も言わない。視線の先を追うと、赤い三角形の積み木が転がっている。僕がそれを拾い上げても、視線は動かなかった。

「おい、どうした」

彼女はぶるぶると震えるばかりで、黙っている。

「眺は。寝てるのか」

そう声を掛けたとたん、獣のような声で吠えた。

僕は寝室に飛んで行った。ベッドは空っぽだった。廊下を戻ろうとしたとき、風呂場から水が流れる音がした。洗面所に入ると、音は、磨りガラスの向こうの暗い風呂場からだった。

僕は、磨りガラスを押し開けた。湯船から、水があふれ出ていた。闇の中でも、そこに眺がいることはすぐにわかった。僕はまるで、半分破れた金魚すくいの網ですくうように、ゆっくりと、そっと、眺をそこから抱き上げた。そうしないと、水の中で、小さな体がばらばらになってしまうような気がしたのだ。

医師として、できることはすべてした。こと切れてすでにだいぶ時間が経っていることも、承知の上だった。心肺蘇生を施している間じゅう、後頭部を鉄の棒で殴られているような感覚があった。

警察が来るのを待つ間、僕は万里子に事情を訊こうとしたが、彼女は放心状態から抜け出すことはなかった。しかたなく、彼女の耳元に口をつけ、「事故だったんだろう。事故だったんだな。ちょっと目を離してしまったんだろう。そうだな」と言い聞かせた。彼女は、僕が拾い上げた三角形の積み木があった場所を見つめたまま、何も反応しなかった。

警察で僕らは引き離され、別々の部屋で取り調べを受けた。僕は帰宅後に見たことを正直にすべて話したあと、万里子が目を離した隙に、晄が誤って湯船に落ちたのだと主張した。しかし司法解剖の結果、晄は絞殺されたあとで湯船に沈められたことがわかった。死亡推定時刻から、僕への疑いは解かれた。

万里子は抵抗することなく、その日のうちに殺人容疑で逮捕された。

僕はタクシーで一人、家に帰った。枯れ蔓を巻きつけたアーチの下の門扉は、数時間前と同じ音を立てて開いた。雑草を踏み、庭に入る。濡れ縁に座り、天を見上げる。風が吹き、刃の感触が頰をなぶる。白み始めた空に向かって、僕は両手を差し出した。

お前はいったい、何をしてきたんだ。

針のような問いかけが降り注ぎ、次々と僕を突き刺していった。

晄の葬儀は、僕の親族だけで執り行った。市内の斎場で小さな棺を囲み、皆で抱きしめるようにして送ってやった。万里子の親族たちが出席していなかったのは、自ら遠慮したのか、それとも僕の親族が拒絶をしたのか、あるいは、マスコミに取材されることを嫌ってか、そんなことに注意を払う気力もないほど、僕は憔悴していた。新聞や週刊誌の記者がうるさかったのは、葬儀までだった。僕も両親も一切取材は受けていない。その間、テレビにもインターネットにも新聞にも、触れなかった。

裁判の日程が決まると、万里子の弁護士から僕に、情状証人として出廷してもらえないかと打診がきた。被告人の刑罰を、軽くしてもらうための証人だという。

小柄で頭の禿げ上がった弁護士は、言った。

「奥さんが、いわゆる育児ノイローゼの状態で、心身ともに正常でなかったことは、明らかです。医師の診断書ももちろん取りますが、それ以上に効果があるのは、実際彼女と暮らしていた、あなたの証言です。また、執行猶予がついて釈放された場合、彼女の身元を引き受けてくれる家族がいることも、とても重要なんです。奥さんが子育てについて厳しい状況下にあったことを、裁判で証言して欲しいんです。少しでも刑罰を軽くして、一日も早く家に戻ってもらって、ご夫婦揃って、晄ちゃんの供養ができるようにしましょう」

詰め寄ってくる眼差しは、哀れみを湛《たた》えていた。

僕は何も答えなかった。思考する機能が、麻痺していた。

弁護士の話を聞いた母は、怒り心頭に発した。事件の日、彼女は昼頃に一度、万里子に電話をかけていたのだ。そのとき万里子の口調は平常で、途中で電話口に出た晄も、いつものように明るく元気だったという。母は、そこで少しでも異常に気づいていればと悔やみながら、一方で、微塵《みじん》も異常な気配を見せなかった万里子を、激しく憎んでいた。

「かわいい孫を殺した犯人を、なぜ助けてやる必要があるの。冗談じゃない、極刑にして欲しいくらいだわ」

いつもは冷静な父もまた、言った。

「決めるのは、お前だ。だが俺も、母さんと同じ気持ちだよ。子育てに悩んでいる母親など、この世にごまんといる。しかしみんな、乗り越えているんだからな。言い訳にはならんだろう」

両親が抱える憎悪は、僕が抱える憎悪とは共鳴しない。僕の憎悪は、一緒に暮らしながら何も気づけなかった、僕自身に向けられていた。

悪いのは僕だ。万里子じゃない。なのに湧き上がってくるのは、彼女を抱きしめてやりたいという気持ちではなく、もう一度晄を抱きたいという切望なのだ。そして、それを望めば望むほど、僕は万里子からどんどん逃げていく。するとますます、自分への憎悪が募る。

煩悶していると、驚いたことに今度は検察から、情状証人の出廷依頼がきた。こちらは、万里子の刑罰を重くするための証人だった。

依頼にあたり、検察は、事件の詳しい状況を僕に知らせた。

万里子はあの日、朝から何度も晄の首に直接手をかけては、ためらって致命傷を負わせることができなかった。その間、晄は母親が遊んでくれているのだと思い、咳き込みながらも笑って、母親を真似て弱々しい力で万里子の首を絞めたという。夕方になると、万里子は道具を使うことを思いつき、電気コードを用いて晄の首を絞めた。そのコードは、晄がよく遊んでいた犬のおもちゃのものだった。さらに殺害したあと、「生き返らないように」と、風呂に水を張って沈めた。その後、頸動脈を切って自殺しようと、キッチンに行って包丁をつかんだが、怖くなって実行できなかった。

晄の父親である僕が聞くには、あまりに酷《むご》い話だった。

「育児に悩んでいたとはいえ、甚だ執拗で残忍な犯行です。無限の未来を持っていた子供を殺していい理由など、どこにもありません。犯人が奥様というのは複雑なご心情でしょうが、あなたはもちろんのこと、かわいい盛りのお孫さんを殺されたあなたのご両親、何より晄ちゃん自身の無念を思えば、被告人には、厳しい刑罰を受けてもらわねばなりません」

上質なスーツで細身の体を包んだ検察官は、そう言って神経質そうに指を組んだ。

僕は、胸の内で万里子に問いかけた。なぜ、死にたかったのか。なぜ、そこまで思い詰めていながら、僕に一言も相談しなかったのか。なぜ、晄を道連れにしなければならなかったのか。そもそも一体何に、それほど苦しんでいたのか。

哀れみの目で僕を見た弁護士も、冷徹に同情を寄せてきた検察官も、そしてもしかしたら僕の両親さえも、この問いの答えを知っているのではないか。

その思いは、凄まじい恐怖となって、僕を窒息させた。

一睡もできずに、迎えた朝だった。仕事に出かけるには、まだ三時間もあった。べッドに寝転んだまま手を伸ばすと、サイドテーブルの写真立てに触れた。晄が一歳のとき、近くの公園で三人で撮ったものだった。

事件のあと、見るのが辛かったが、晄がかわいそうで、しまい込む気になれなかった。晄はきっと最後の瞬間まで、万里子を信頼し、安心して身をゆだねていたのだ。そう思うことが、せめてもの僕のなぐさめだった。

寝転がったまま、僕は写真の中の晄を、万里子を、そして自分自身を見つめた。涙が両目からどくどくとあふれ、頬を波打つように流れ落ち、耳をくすぐり、枕に吸い込まれていく。たった今、万里子もこうして泣いているのではないかと思った。

涙が止まるのを待って、僕はベッドを出、顔を洗っていつものスーツに着替えると、押し入れからボストンバッグを出し、何枚かの服と下着を入れた。書棚から本を二冊と、その引き出しから預金通帳と印鑑、二通の保険証書を出し、それも入れた。そして最後に、ノートパソコンを入れた。

いつもより一時間近く早く家を出て、バスに乗り、勤務先の大学病院を通り越して路面電車に乗り換え、繁華街の一角で降りた。少し歩いて京橋川に架かる橋を渡り、中ほどで携帯電話を川に捨てた。出勤途中の忙しい人々は、誰も僕に目を留めなかった。

銀行に着いたがまだ開いていなかったので、隣のコーヒーショップに入り、万里子の両親に宛てて手紙を書いた。心配をかけて申し訳ないこと。銀行の金は万里子に渡して欲しいこと、自分の生命保険と晄の学資保険の解約委任状を同封するので、解約して払戻金も万里子に受け取って欲しいこと。そして最後に、同封の印鑑を使って離婚届を出して欲しいと書いた。

銀行が開くとすぐに、貯金のおよそ半額を下ろした。窓口で理由を問われたが、答えなかった。現金をボストンバッグに入れ、次に郵便局へ向かった。通帳と印鑑、保険証書と解約委任状、家の鍵、そして先ほど書いた手紙を、書留で送った。それから郵便はがきを買い、自分の両親宛に「少しの間、一人になりたい。落ち着いたら必ず帰るので、捜索などしないで欲しい。家は、万里子と相談して好きなように処分してかまわない。晄の供養を頼む」と書いて出した。

自分でも驚くほど、冷静だった。決して、衝動に駆られて逃げ出したのではない。考え抜いた挙句、そうするしかないことをしたのだ。

その足で、広島駅から新幹線に乗った。飛び去る景色を眺めながら、わずかずつ体が軽くなっていくのを感じていた。晄に申し訳なかった。万里子にも申し訳なかった。両親にも、職場の人たちにも、申し訳なくて心が千切れそうだった。しかしそれでも、僕はそれらから遠ざかっていく安堵の中に、ずぶずぶと埋まっていく自分を、このときだけは許した。

その後は、苦しみばかりだった。安宿のベッドに潜り込んだとき、バスや電車の振動にうとうととしたとき、頭に繰り返し現れるのは、万里子が素手で晄の首に手をかけ、晄が苦しむ姿だった。万里子が手を離すと、晄は半分泣きながら懸命にそれをこらえ、やがてけらけらと笑い出す。楽しいのではない。無表情な万里子に、笑って欲しくて笑うのだ。

万里子は少しくらい、笑い返してやったかもしれない。しかし、少し時間をおくとまた、悪魔に急《せ》かされ、晄に手をかける。晄は少し逃げようとして、ふざけてみせる。ママ、ママ、と呼びかけて、悪魔に耳を貸している万里子を振り向かせようとする。万里子は晄を見ない。あの虚《うつ》ろな目は、何を見ていたのだろう。万里子の細い指が、再び晄の華奢な首に食い込む。晄が目をつむる。苦しがる。しかし苦しみの声をあげているのは、万里子のほうだ。そうしてまた、手を離す。

その残酷は、僕に向けられたものだったと思う。晄は、僕の身代わりにいたぶられたのに違いない。万里子は僕を憎み、復讐したのだ。晄の首を絞めながら彼女が咆哮《ほうこう》していたのは、彼女の首に、僕の手がかかっていたからなのだ。

いつが始まりか、よくわからない。かつて僕をがんじがらめにしていた万里子への熱情のようなものが、一緒に暮らすようになってから次第に冷めていくのを、僕はさほど気にしてはいなかった。彼女は胎内に命を宿していたし、僕は家庭というものを築くことに必死だった。もう「恋の時代」は終わったのだと、当たり前に思っていた。そういうものではないのだろうか。万里子はいつ、なぜ、不安なのか孤独感なのか、僕にわからぬものを抱えるようになったのか。

気がついたときには、僕らは冷たい気持ちを向き合わせていた。晄がいなければ、あの家にいる意味がわからなくなってしまうことがあるほど、僕の気持ちは彼女から離れていたし、彼女もまた、晄を介さなければ僕と意思を通じ合わせることができないでいた。

疲れているのだ、と僕は思った。自分が疲れていたからだ。万里子もきっと同じくらい、いやもしかしたらそれ以上に、疲れているのだと。そしてそれは、難なく乗り越えられるものだと思っていた。根拠なく、ただそう思っていた。まともな大人なら、誰しもが通ってきた道だろうと。

熱情を失っても、万里子を嫌いになったわけではなかった。彼女と眺は、変わらず僕の宝物であり、かけがえのない家族だった。僕らは毎週末、遊園地や動物園に遊びに行ったし、季節の行事には互いの実家を訪れたり、両親を招いたりもした。何の予定もない休日は、近所の公園で眺を遊ばせ、夫婦でそれを見守った。いつも笑顔だった。幸せだったのだ、少なくとも僕は。

ところが、万里子はそうではなかった。

広島を出てから、僕はインターネットで事件に関するニュースをチェックしていた。被害者の父親であり加害者の夫であった人物が、被告の公判に現れなかったことは、地方版の片隅にだが、小さく載った。行方不明とは書いていなかったので、両親は僕のメッセージを信じて、行方が知れないことは伏せてくれている。そのことを思うと、胸が痛んだ。

そしてある日、万里子の公判のレポートが、新聞社のサイトに掲載されているのを見つけた。『育児に追い詰められる母たち』をテーマに書かれた、連載記事の一部だった。

苦しみと闘いながら、僕はそれを最後まで読んだ。そこには、検察官から聞かされた、万里子の残忍な犯行の様子も書かれていた。

そして知ったのだ。万里子が、僕の何を憎んでいたのか。

『弁護人「あなたは、晄ちゃんを絞殺したあと、生き返らないようにという理由で、わざわざ風呂に水を張って、沈めたと証言しています。なぜ、生き返ると困ると思ったのですか」
安田被告（以下被告）「それは、わたしが本気で殺そうとしたことを、あの子はもう、知ってしまったからです。そんなことを知ってしまった限り、生き返ったらかわいそうだと思ったからです」
弁護人「晄ちゃんを風呂に沈めたあと、あなたは自殺をはかろうとして、やめたそうですね。なぜやめたのですか」

被告「すぐにでも、晄のところに行ってやりたかったのですが、その前に、夫に会わなければと思いました」
弁護人「なぜ、ご主人に会う必要があったんですか」
被告「必要があったわけではありません。ただ、会いたかったんです。夫ですから」
弁護人「それで、会いましたか」
被告「覚えていません」
弁護人「調書には、仕事から帰宅したご主人が、晄ちゃんを風呂場で発見して蘇生を試みたとあります。ご主人は医師ですから、その後晄ちゃんの死亡を確認し、自ら警察へ電話したと。違うんですか」
被告「……多分、そうなんだと思います。だけど、覚えていないんです。夫に会いたくて、ずっと待っていたんです。だけど、会っていない気がします」
弁護人「ご主人はふだん、育児には協力的でしたか」
被告「育児は、わたしの仕事でした。夫は医者ですから、とても忙しくて、大変だったんです」
弁護人「逮捕されて以降、ご主人とは会われましたか」

被告「いいえ」
弁護人「面会に、来られないんですか」
被告「はい。来てくれません」
弁護人「一度も？」
被告「はい、一度も」
弁護人「それについて、あなたはどう思っていますか」
被告「忙しいんだなって」
弁護人「ご主人に、来てほしいですか」
被告「はい。会いたいです」
弁護人「実はわたしは、あなたのご主人に、情状証人になってもらえないか、打診をいたしました。しかし、期限が来ても返答をいただけませんでした。それについては、どう思われますか」
被告「忙しいのだと思います。立派な仕事をしている人ですから、とても、とても忙しいんです」
弁護人「ご主人に会えたら、何を伝えたいですか」

被告「謝りたいです。それで、暁のところに行くことを、許して欲しいです』」

あのとき、冷蔵庫の前でうずくまっていた万里子は、僕の帰りを待っていたのだ。そして今も、待っているのだ。

僕は確かに忙しかった。朝から晩まで仕事は追いかけてきて、それをこなすのに精一杯だった。仕事が終わると、酔わなければ神経を休められなかった。だから帰宅前に酒を飲んだ。万里子は「忙しい」と言ったことがなかった。「疲れた」とも言ったことがなかった。「眠い」も「つらい」も「助けて」も言わなかった。

違う。聞かなかった。僕が、言わせなかったのだ。

打ちのめされながら、画面をスクロールし、記事の続きを表示すると、そこには、万里子が公判中に自殺を遂げたという、一文があった。

＊13

小出桔平は、安田公平。

佑子は、安田万里子さん。

雄太は、安田晄くん。

これまで読んできた物語が、頭の中をマーブル模様になってうねり、暴れだす。

「川原さん、もしもし？」

耳元で聞こえているはずの海原の声が、布団をかぶった向こうから聞こえてくるように、遠く感じる。

「聞いてます。驚いてしまって、何て言ったらいいのか……」

「川原さん、小出さんのパソコンのパスコード、覚えていますか」

「ええ。２００９０９２０」

「それ、万里子さんの、命日でした」

「……あの小説は、彼ら家族の物語だったんですね」

「ええ。ただ不思議なのは、子供が雄太くんという、男の子になっているということです」

「何が不思議なんですか」

「亡くなった晄ちゃんは、女の子ですから」

「え……女の子？」

「そうです。かわいい盛りだったでしょう。うちも娘ですから、考えるとつらくてね」

電話を切ると、わたしは踵を返し、中央線に向かった。

新宿に着いたのは、夕方五時を回る頃だった。

キャリーバッグを引きながら、中央東口の改札を出、地上に向かって階段を上る。表に出ると、空は色濃く闇を滲ませはじめるところだった。

交番の前を通り、右に折れる。タクシー乗り場の標識が立っている。そこが、桔平が救急車に収容された場所だった。

東口のメイン通りである新宿通りに比べれば少ないとはいえ、ここも人々は絶え間なく通り過ぎて行く。客待ちのタクシーも、ずらりと並んでいる。広い道路を挟んだ向かいには、大型家電量販店が二軒並び、客を呼ぶにぎやかな音楽がひっきりなしに鳴っている。日が暮れようとするこの時間も、煌々《こうこう》と街灯が照らして、影などどこにもないように見える。しかしどこか、うら寂しい。

もしものことがあれば、これが枯平の見た最後の風景になるのかと思うと、やりきれない。彼はきっと今でも、あの瀬戸内の美しい景色が恋しいはずだ。

わたしはゆっくりと歩きながら、あたりを見回した。知りたくなくて、目を逸らしていたもの、枯平がここから行こうとしていたどこかを、探していた。

そのとき、家電量販店の裏手の路地で、ひとつの看板が点灯するのが見えた。緑色の地に白抜き文字で『リリー生花店』と書かれた、縦長の看板だった。にわかに、倒れた枯平を見つけて救急車を呼んでくれたのは、近くのフラワーショップの店員だったと、聞かされたことを思い出した。

信号も横断歩道もないところを渡り、路地に入った。近づいてみると、店先には、白いプラスチックの鉢に植えられた色とりどりの花が並べられ、脇に、片付けの途中なのか、畳まれたダンボール箱が乱暴に積まれていた。デパートや駅ビルに入っているような、おしゃれなフラワーショップとは違う、昔ながらの花屋といった感じの店だ。

閉じられたガラス扉を覗くと、夫婦らしき初老の男女が立ち働くのが見えた。白髪交じりの髪をきりっと一束に結った女性は、エプロンと同じ濃い赤の口紅をつけた口を快活に動かしながら、薔薇の棘取りをしている。一方夫らしい男性は、苦い表情で口に煙草をくわえ、黄色い菊の大きな束を抱えて、バケツに入れる作業をしている。一見ちぐはぐな二人だが、女性が見せる、まるで鼻歌が聞こえてくるような楽しげな表情は、二人の仲が良いことを窺わせた。

もう一度あたりをよく見たが、他に花屋は見当たらない。わたしは意を決してガラス扉を押し、中に入った。

「いらっしゃいませ」

女性が、レジの向こうから声を掛けてきた。その奥では、黒いエプロンを着けた夫が、盛花を作っている。

「何を差し上げましょう」

明るく彼女に言われ、とっさに「花束を」と答えた。

「このくらいの大きさの花瓶に、生けたいんです」

わたしは、桔平の病室に置いた花瓶の大きさを、手で示した。

「ご自宅用ですか」

「いいえ、お見舞い用で」

「贈る相手は、女性、男性？」

「男性です」

「年齢はどのくらい？」

「三十代です」

「どんな人？」

「どんなって？」

「イメージよ、イメージ。そういうのがわかると、お花を作りやすいの」

「ああ、じゃあ……物静かな人です」

「ふうん、だったら、スイートピーとガーベラを使って、落ち着いた色でまとめましょうか」

「はい。それでお願いします」

彼女はレジから出てきてガラスケースを開け、慣れた手つきで次々と花を抜き始めた。

「わたしがアレンジした花を見てると、みんな元気になっちゃいますからね、お見舞いにぴったりですよ」

楽しそうに言うと、脇で煙草を吸っていた夫が小声で「いい加減なことを」とつぶやいた。この人たちなら、道に倒れた人を放ってはおかないだろう。

「あの、つかぬことを伺いますが」

「何でしょう？」

彼女はほぼできあがった花束を、上から横からと、動かして眺めているところだった。

「ちょっと前、三月十日のことなんですが、この少し先で、男性が倒れて救急車が呼ばれたのを、ご存じではないでしょうか」

「えっ。三月十日って、金曜日の？」

彼女は動きを止め、わたしを見た。

「そうです」

「知ってるどころじゃないわよ。あなたどなた？」

「ああ、やっぱりそうですか。じゃあもしかして、救急車を呼んでくださったのは」

「わたしよ、わたし。まあ、あなたもしかして、あの時の男性の奥さま？」

「いえ、知り合い……です」

「あら、あら、よかったわあ。お父さん、この人ほら、この間救急車で運ばれたお客さんの、お友達ですってよ。ああ、よかった。ちょっとお待ちになってね」

「お客さん?」

作りかけの花束を輪ゴムで仮留めしてレジカウンターに置くと、彼女はレジを開いて中から茶封筒を取り出し、わたしに差し出した。

「これ。お返ししなくちゃと思って、ずっと気になっていたの」

「何ですか」

「あら、聞いてない? お花代よ。うちで花束を買ってくださったんだけど、わたしがカードをつけ忘れてしまって。慌てて追いかけたら、駅のところでばったり倒れてね。もう驚いたのなんの。救急車を呼んだんですけどね、お花は置いていかれてしまって。それで、こちらで預かったんです。といっても生ものでしょう、だから、店に戻させてもらって。いつかお代を返さなきゃって、ねえ、お父さん」

「花束を、彼が買ったんですか、ここで」

「ええ。贈り物だって言ってましたよ、お母さんへの」

「お母さん……?」

「そう。よく覚えてます。五十代後半の、明るくて賢くておしゃべり好きで、目標のためには努力を惜しまない人。白いチューリップが好きだっていうから、白をメインに何色かのチューリップを混ぜてね、……あら、どうなさったの。あの人、お加減悪いんですか？　お父さん、ティッシュとって」

桔平は覚えていたのだ、はじめてのデートのときに話した、母が「花嫁さん」と呼んでかわいがっていた花のことを。わたしも大好きだった、白いチューリップのことを。

手渡されたティッシュで、わたしは目頭を押さえた。

「いいえ。お陰さまで、彼は元気にしています。本当に、ありがとうございました。それからこのお金は、いただくわけにはいきません。お店に戻したとおっしゃっても、一度花束に作ったお花は、もう売り物にはならないでしょう。ですから、これはどうか、収めてください」

「あら、そうですか。じゃあせめて、これを一本持っていってください。今から、あの人のお見舞いに行くんでしょう？」

「ええ」

彼女は、ガラスケースから白いチューリップを一本抜き、根元を切って、セロハンで包んだ。

「わあ、かわいい。いいんですか」

「あの日、きっとお母さんが待ってらしたんでしょう。もしできたら、渡して差し上げてくださいな」

「わかりました」

「あっそうそう、忘れるところだった」

彼女は大きく手を打ち、先ほどの茶封筒の中から、カードを一枚取り出した。

「それは?」

「あの日、わたしがつけ忘れちゃったカード。ここに入れておきますね」

チューリップを包んだセロハンの中に差し込まれた白いカードは、二つ折りにされて中は見えなかった。

久し振りに訪ねた病室で、桔平は、以前と変わらぬ容態で眠り続けていた。

花瓶にスイートピーとガーベラの花を生け、白いチューリップは、バッグに入っていた五百ミリリットルのペットボトルに挿して、ベッド脇の棚に飾った。チューリップのメッセージカードには「いつまでもお元気でいてください」と、懐かしい文字で書かれていた。

わたしは桔平の両手、両足の爪を切り、髭も剃ってやった。タオルを濡らし、体も拭いてやった。そうしながら、話しかけた。

「きっちゃん、起きてよ。わたし、瀬戸内に行ってきたよ。きっちゃんが生まれ育った島にも、行ってきた。きっちゃんが書いた小説も、見つけた。秘密にしていたことも、知った。そうそう、それから大事な宝物も見つけて、持ってきちゃった」

わたしはバッグからロボットのおもちゃを出し、チューリップの横に置いた。

「それからね……。さっき、新宿からここに来るまでの電車の中でね、小説の、最後の章を読んだよ」

そう言葉をかけて彼の右手を握ると、何も変わらぬ桔平の表情の中に、微笑みが見えたような気がした。わたしはその手を、自分の左頬に当てた。

「帰ってきて、きっちゃん。お願いだから、帰ってきて。わたし、ずっと待ってるから」

あふれた涙が、桔平の手のひらに吸いこまれていった。

＊14

「きっちゃん」

僕をそう呼ぶのは、由加利だけだ。

朝にこうして起こされたことが、何度あったろうか。しかし今は朝ではないし、僕はあの頃のようには、目覚めることができない。

「きっちゃん、起きてよ」

彼女は僕の、右側にいる。何日振りだろう。一週間だろうか、それとも一か月だろうか。もう二度と来てくれないだろうと思っていたから、とても嬉しい。体が動くなら、抱きしめたい。

衣擦《きぬず》れの音がする。手を握ってくれているのだろうか。感じることができないので、わからない。彼女はいったい、どんな表情をしているのだろう、どんな服を着て、どんなヘアスタイルをしているのだろうか。毎年春には新しい口紅を買っていたが、今つけているのは、新色だろうか。

僕は、彼女の感触を思い出す。滑らかな首筋、やわらかい髪、冷えた足先、温かい手のひら。今は触れても感じないはずが、頭の中にはっきりと再現できる。

そのとき、爽やかな花の香りが、鼻腔をくすぐった。花だ。

「今日ね、きっちゃんがあの日花束を買った、お花屋さんに行ってきたの。新宿の、リリー生花店。覚えてるでしょう」

覚えている。そうだ、あの日嗅いだのと同じ匂いがするのだ。僕はあの日花束を買って、青山の待ち合わせ場所に、向かうところだった。

彼女から、母親に会って欲しいと言われたとき、潮時だと思った。しょせん嘘をつきとおせるはずなどなかったのだ。それに僕は、彼女が結婚を望んでいることも、よく知っていた。

情けなかった。僕は、大切な人を傷つけることしかできない人間だ。事情を何も知らない由加利の、純粋な好意を踏みにじって利用した、卑劣な人間だ。

せめて、少しでも彼女を傷つけないで別れる方法はないか、考えた。由加利はとことん明るくて、たくましく、困難にあっても立ち向かい、自分の力で未来を切り拓いていく人だ。僕のような弱い人間になど、傷ついたりしない。そんな都合のいいことを、無理やり考えもした。

事情を説明することができない限り、僕は消えるしかなかった。安田公平を殺したように、今度は小出桔平を殺すのだ。そう決意したのは、由加利の母親と会う約束の、前夜だった。

翌朝、出掛けに、シューズボックスの下にしまわれた、白いスニーカーを見た。はじめて出会ったとき、僕が彼女に貸した靴。片方には、彼女が黒いペンで描いた僕の似顔絵があった。決して上手いとは言えない絵だったが、僕の特徴をよく捉えていた。もう片方には『コイデさん』という大きな文字、その脇に、あとから書き足された『小出桔平さん』という小さな文字があった。その文字を、指でなぞった。僕がこの男を消したあと、由加利の中のこの男はどうなるのか。考えて、頭を振った。

新宿に着き、月極で借りているロッカーから、いつものようにパソコンを出した。近くのコーヒーショップに入り、一番安いブレンドコーヒーを注文してから、パソコンを電源につないで、ファイルを開いた。

そこに書かれているのは、四十代になった〝僕〟と三十代の〝佑子〟、そして五歳に成長した〝雄太〟、家族三人の平凡な日常の物語だ。

昨日書いた文章の最後を何度か読み返したあと、続きを書いた。書きながら、僕は泣いた。罪を贖うなどと言いながら、実際はただ逃げ続け、今また逃げようとしている自分の卑劣を呪った。人助けがしたいと医師になりながら、大切な人を傷つけることしかしてこなかった自分の愚鈍を呪った。万里子。僕の最大の罪は、心の中では詫びながら、実際は君に、ただの一度も謝ることをしなかったことだ。僕の逃亡に、君がどれほど絶望したか、それに気がついたのは、君が命を絶ったと知ったときだった。キーボードを打つ手を止め、たった今も疑うことなく、僕を待っている由加利を思った。そして、もう逃げるのはやめようと決めた。今夜、由加利にすべてを打ち明ける。それもまた、彼女を傷つけることには変わりないが、逃げない限り、謝罪し、許しを請うことができる。

僕は、書き終えた章に振っていた数字を消し、「終章」と書き換えた。

ロッカーにパソコンを戻し、受付に、来月は更新しないと告げた。駅に向かう途中、由加利の母親へ何かプレゼントをと思い、毎日前を通っている小さな花屋に立ち寄った。店の奥さんが、贈る相手の特徴を細かく訊ねてきたので、僕は、三十年後の由加利を想像して伝えた。

「きっちゃん、わたし、瀬戸内に行ってきたよ。きっちゃんが生まれ育った島にも、行ってきた」

(え、なぜわかったの?)

僕は驚いて訊ねる。

「きっちゃんが書いた小説も、見つけた。秘密にしていたことも、知った」

(そう、ごめんね。君を傷つけたくはなかった)

「そうそう、それから大事な宝物も見つけて、持ってきちゃった。はい、超合金ロボット」

(あの灯台の隠し場所を、探し当てたのか、凄いな。いつか見せたいと思っていたあの海を、見てくれたんだね)

「それからね……。さっき、新宿からここに来るまでの電車の中でね、小説の、最後の章を読んだよ」

(そうか……呆《あき》れただろう？　僕は大きな罪を背負いながら、あんな幸せを夢見ていた大馬鹿者なんだ。だけれど、夢見ずにはいられなかった。それは、君と出会えたからだ。君は、僕の安心、希望、そして拠り所だったから)

「帰ってきて、きっちゃん。お願いだから、帰ってきて。わたし、ずっと待ってるから」

由加利、僕も帰りたい。何の偽りもない両手で、君を抱きしめたい。

『終章・昼寝』

読みかけの本から目を離して隣を見ると、佑子は僕に背を向けて、寝息をたてていた。シーツに広がる豊かな髪が、彼女のかすかな動きに合わせてサラサラと揺れる。白いうなじを、午後のやさしい光が撫でる。薄桃色の耳たぶを、レースの影がすべる。

僕は本を置き、うしろから彼女を抱きしめる。午睡を邪魔された彼女は、子犬のように鼻を鳴らしながら身をよじる。僕はさらに強く抱きしめて、その耳たぶをついばむ。

「だめ」

いつものように、彼女は言う。

「だめ」

いつものように、僕も言う。

「そこ、弱いんだってば」

「知ってる」

佑子の鼻声が笑い声になり、僕の声はかすれていく。

「だめ」

「だめ」

言葉はやがて浅いため息に、そして甘い吐息に変わる。二人きりでこうして過ごす休日のひとときが、僕は好きだった。

日が傾き、窓から入り込む風が少し涼しくなると、僕はなんだか寂しくなってくる。こんなにそばにいるのに、ある日突然引き裂かれてしまう気がするのだ。

すると佑子が、まるで僕の心を読んだみたいに、頭を肩にもたせかけてくる。その心地よい重みに、僕はうっとりとする。胸がつぶれるように痛くなり、このまま頭から彼女を飲み込んでしまいたくなる。

彼女は僕の安心、希望、そして拠り所だった。僕を求めてくる手はいつも温かく、瞳はまっすぐで、言葉は澄みきっていた。彼女を笑顔にするためなら、何だってできる。

「わたしの、どこが好き？」

会話が途切れると、彼女はよくそう訊ねてきた。全部、などと答えようものなら、叱られてしまう。そのときすぐに思いついたことを言わなければ、へそを曲げてしまうのだ。

だから僕は、思いつくまでの時間稼ぎをする。

「佑子は、僕のどこが好きなの？」

彼女の瞳が、一瞬輝く。

「そのくせっ毛がかわいくて好き。あったかい唇も好き。細い指も好き。無口なところも好き。それから……」

「わかったわかった、照れくさいよ。飯にしよう。雄太ももうすぐ帰って来るよ」

「だめ。言ってくれるまで許さない。わたしはあなたの、優しいところも大好き。風邪で寝込んだとき、親身になって看病してくれたこととか。覚えてる?」

「うん」

「深夜残業が続いたとき、お風呂を沸かして待っててくれたこと」

「うん」

「夜急に雨が降った日、傘を持って駅まで迎えに来てくれた」

「うん」

「あと今夜、チキンとトマトの煮込んだやつを作ってくれる」

「ええ、なんだよそれ」

彼女はけらけらと笑う。

「お願い、あれ好きなの。作ってくれるなら、許してあげる」

「ちぇっ、降参だ」

口ではそういいつつも笑いながら、僕は起き上がる。ベッドの脇の壁には、体の中に銀色の魚を泳がせている女の絵が掛かっている。彼女のお気に入りだ。その横の時計を見ると、そろそろ雄太がサッカー教室から帰ってくる時間だった。

キッチンに立ち、鶏肉に塩と胡椒を振りかけながら、

「わがまま」

「おっちょこちょい」

「明るい」

「楽しい」

「まじめ」

でたらめな鼻歌のメロディーに乗せて、頭の中で彼女の好きなところを並べる。さらににんにくを刻みながら、

「すぐ泣く」

「すぐ怒る」

「すぐ信じる」

「すぐ夢中になる」

「すぐ笑う」

と鼻歌にしていたら、背後から、メロディーを真似した鼻歌が聞こえてきた。振り向くと、佑子がベランダの洗濯物を取り込んでいる。桃色に染まった頬が、夕陽の欠

片を反射させて、きらきらと輝いていた。

「そして世界一、美しい」

僕はもうひと節歌い、鍋を火にかけた。

本書は、映画『嘘を愛する女』（脚本　中江和仁・近藤希実）の小説版として著者が書下した作品です。

なお、本作品はフィクションであり実在の個人・団体などとは一切関係がありません。

徳間文庫

嘘《うそ》を愛《あい》する女《おんな》

2017年12月15日 初刷

著者 岡《おか》部《べ》えつ
発行者 平野健一
発行所 株式会社徳間書店
東京都港区芝大門二―二―二〒105―8055
電話 編集〇三(五四〇三)四三四九 販売〇四八(四五一)五九六〇
振替 〇〇一四〇―〇―四四三九二
印刷 製本 図書印刷株式会社

ISBN978-4-19-894284-7 (乱丁、落丁本はお取りかえいたします)